RUNNER
런너

FUSION FANTASTIC STORY
임영기 장편 소설

런너 8

임영기 장편 소설

초판 1쇄 찍은 날 § 2012년 7월 2일
초판 1쇄 펴낸 날 § 2012년 7월 9일

지은이 § 임영기
펴낸이 § 서경석

편집부장 § 권태완
편집 § 주소영
디자인 § 이혜정

펴낸곳 § 도서출판 청어람
등록번호 § 제1081-1-89호
등록일자 § 1999. 5. 31
어람번호 § 제1-1419호

주소 § 경기도 부천시 원미구 심곡2동 163-2 서경B/D 3F (우) 420-822
전화 § 032-656-4452 팩스 § 032-656-4453
http://www.chungeoram.com
E-mail § chungeoram@chungeoram.com

ⓒ 임영기, 2012

ISBN 978-89-251-2931-0 04810
ISBN 978-89-251-2789-7 (세트)

※ 파본은 구입하신 서점에서 교환하여 드립니다.
※ 저자와 협의하여 인지를 붙이지 않습니다.
※ 이 책은 도서출판 청어람과 저작자의 계약에 의해 출판된 것이므로,
  무단 전재 및 유포·공유를 금합니다.

[완결] 8

초강대국 대고구려제국

시공을 달리는 자
RUNNER

FUSION FANTASTIC STORY
임영기 장편 소설

런너

도서출판
청람

CONTENTS

제72장 누가 실세인가   7

제73장 일본자위대 독도 점령   31

제74장 묵인자의 음모   57

제75장 대마도 점령   87

제76장 개전(開戰)   119

제77장 제3차 세계대전   151

제78장 통일 대한민국   185

제79장 사랑하는 사람들의 죽음   215

제80장 삼족오 비상하다   241

제81장 다물 괴멸하다   269

제82장 다시 쓰는 역사   299

제72장

누가 실세인가

RUNNER
런너

  두 명의 신사는 눈도 깜빡이지 않고 연달아의 얼굴을 뚫어지게 주시했다.
  그것은 처음 만난 사람에겐 매우 실례되는 행동이다. 하지만 연달아는 아무렇지도 않은 듯 담담한 표정으로 그들을 마주 바라보았다.
  두 사람은 돌덩이처럼 단단하게 굳은 표정이다. 아니, 돌덩이 같은 표정 아래에서 격렬한 흔들림이 있다는 사실을 연달아는 간파했다.
  또한 두 사람의 눈동자 깊은 곳에서는 활화산 같은 흥분이 들끓고 있었다.

하지만 그들이 왜 그러는지는 전능자인 연달아로서도 알 수가 없다.

연달아 옆에는 아랑이 그의 팔을 가슴에 꼭 안은 채 기대어 서 있고, 약간 떨어진 곳에 금동과 손권호가 나란히 서서 두 신사에게서 무언가를 알아내려는 듯한 눈빛으로 날카롭게 주시하고 있다.

손권호는 내심 적잖이 당황하고 있다. 눈앞의 두 신사는 오늘 만나기로 한 인물, 즉 실행요원들이 아니기 때문이다.

그는 약속한 일곱 명이 나오지 않고 어째서 전혀 다른 두 신사가 나왔는지 직접 물어보고 싶었지만 연달아의 면전이라서 잠시 뒤로 미루었다.

분위기로 봐서 어쩌면 자신이 묻기 전에 이유가 밝혀질지도 모른다는 생각도 들었다.

이윽고 연달아는 완만한 동작으로 두 신사의 맞은편에 앉았고, 아랑이 왼쪽에 앉았다.

그녀는 지난밤에 연달아의 여자가 되고 나서 훨씬 더 성숙해진 것 같았다. 몸뿐만이 아니라 행동거지도 어제하고는 사뭇 달라 보였다.

이제부터는 자기가 연달아의 여자라는 자신감이 그녀를 변화시킨 듯했다.

그런데 두 신사를 뚫어지게 주시하고 있던 금동이 갑자기 움찔 놀라는 표정을 짓더니 팔꿈치로 옆에 서 있는 손권호의 옆구리를 가볍게 찔렀다.

손권호는 금동을 힐끗 쳐다보았다. 금동은 크게 놀라는 표정을 지으면서 고개를 신사들 쪽으로 까딱거리며 눈을 껌뻑거렸다. 어떤 신호를 보내는 듯했다.

그 표정으로 봐서 그는 신사들이 누군지 생각난 것 같았다. 하지만 손권호는 그들이 누군지 아무리 머리를 쥐어짜도 도무지 생각나지 않았다.

평소 같았으면 생각났을지도 모르는데 잔뜩 긴장하고 있어서 그런 모양이다.

그렇다고 입을 열어서 금동에게 물어볼 수도 없는 상황이라서 답답했다.

그때 60세 전후의 희끗희끗 반백 머리를 단정하게 빗어 넘긴 신사가 꼿꼿한 자세로 연달아를 주시하며 조심스럽게 말문을 열었다.

"실례지만 누구신지 여쭤봐도 괜찮겠습니까?"

나이 든 신사가 연달아처럼 젊은 청년에게 하는 말로는 어울리지 않는 극존칭이다.

연달아는 나직한 목소리로 대답했다.

"나는 연달아요."

"아!"

순간 두 신사가 동시에 탄성을 터뜨리며 얼굴이 크게 변했다. 그리고는 방금 말한 반백의 신사가 크게 격동하는 표정으로 다시 물었다.

"혹시 당신은 고구려하고 관계가 있습니까?"

"있다 뿐이겠소? 나는 고구려 대막리지의 아들이며 또한 요동욕살이오."

그는 '이었다' 라고 과거형이 아니라 '이오' 라고 현재형으로 대답했다. 그는 지금도 자신이 요동욕살의 신분이라고 생각하고 있는 것이다.

"오……!"

두 신사의 얼굴에 방금 전보다 더한 극도의 감격스러움이 가득 떠올랐다.

연달아는 그들의 이상한 행동을 보고 번뜩 뭔가 짚이는 것이 있었다.

용걸태처럼 혹시 이들도 과거 오골철갑기병의 후손이 아닌가 하는 것이다.

아니, 짐작만이 아니라 일단 그렇게 생각하니까 반드시 그럴 것이라는 확신이 샘물처럼 솟아났다.

하지만 그럴 확률은 매우 적다. 만분의 일, 아니, 천만분의 일도 안 될 것이다.

1345년 전의 오골철갑기병들이 살아남아서 후손을 남겨 2013년에 주군을 다시 만나는 일이 그렇게 말처럼 쉬운 일이겠는가.

그때 두 신사는 나란히 일어나서 연달아를 바라보는데 눈물이 주체할 수 없을 정도로 흘러내렸다.

"혹시… 욕살의 처려근지가 누구였는지 말씀해 주실 수 있습니까?"

반백신사가 다시 물었다. 그가 자꾸 꼬치꼬치 묻는 것은 실수를 하지 않으려는 것이다.

연달아는 그가 '욕살'과 '처려근지'라는 말을 하는 순간 이들이 그 옛날 오골철갑기병 생존자들의 후손이라는 사실을 확신했다.

"고선우와 명림해우다. 고선우는 지금 다물수호대 여섯 번째 제타로 있다. 그렇다면 너희 둘 중 한 명은 명림해우의 후손이겠군."

두 신사는 후드득 온몸을 떨면서 소나기처럼 눈물을 흘렸다. 중후한 관록의 신사들이 펑펑 울면서도 조금도 부끄러워하지 않았다.

그리고는 반백신사가 격동하는 감정을 억누르려고 애쓰면서 흐느끼듯이 말했다.

"저는 명림해우의 33대 후손인 명림만리(明臨萬里)입니다.

욕살을 뵈옵니다."

 옆에 선 신사 역시 흐느끼면서 읊조렸다.

 "저는 가라달(可邏達) 영도루(榮度婁)의 34대 후손인 영보제(榮寶齊)입니다. 마침내 저의 대에서 욕살을 뵙게 되었군요."

 욕살 바로 아래 지위가 처려근지이고 그 아래에 가라달이 있다. 욕살은 대성의 성주 급이고 처려근지는 중성, 가라달은 소성의 성주 급 지위였다.

 물론 연달아는 오골철갑기병 21명의 생존자 중에서 처려근지 명림해우와 가라달 영도루를 너무도 잘 알고 있다.

 연달아는 두 사람을 보면서 크게 격동하여 가슴이 심하게 뛰어 말을 잇기가 힘들었다.

 연달아는 중국팀 실행요원들을 만나러 나온 약속 장소에서 과거 총애하던 부하들의 후손을 만나게 될 줄은 꿈에도 예상하지 못했다.

 그때 두 명의 신사, 즉 명림만리와 영보제가 누군지 그제야 알게 된 손권호는 눈을 부릅뜨고 입을 딱 벌린 채 경악을 금치 못했다.

 '맙소사, 밍완리와 룽빠우치라니······.'

 명림만리는 '명림'이라는 복성(複姓) 대신에 '명'이라는 성을 사용하고 있다.

그래서 중국 내에서의 이름은 명만리, 즉 밍완리로 불리고 있다.

'명림'이라는 성이 옛날 고구려에만 존재하던 드문 성씨였기 때문에 자신을 감추려고 명 씨로 활동한 것이다.

그리고 영보제는 '영' 씨 성을 그대로 사용해서 영보제, 즉 롱빠우치다.

손권호와 금동이 두 신사가 누군지 알아보고 놀라는 이유는 그들이 엄청난 신분이기 때문이다.

명림만리, 즉 밍완리는 중국 내 권력 서열 3위인 국무원 총리다. 뿐만 아니라 중앙군사위원회 부주석을 겸임하고 있는 막강한 실세다.

영보제 롱빠우치는 권력 서열 5위 국가 부주석이며 동시에 전국인민대표회의 상무위원이다.

특히 밍완리는 차기 공산당 총서기, 즉 국가 주석에 일찌감치 낙점된 상태다.

즉, 몇 년만 지나면 그는 중국 최고지도자가 된다는 뜻이다. 그러니까 그는 중국 내 최고 실세인 셈이다. 지는 해보다는 뜨고 있는 해가 더 밝은 법이다.

명림만리와 영보제는 테이블 옆으로 나와 나란히 서서 연달아를 향해 공손히 무릎을 꿇고 이마를 바닥에 댔다.

현재 중국 권력 서열 3위와 5위의 인물이 동시에 연달아에게 마치 황제를 대하듯 예를 갖추는 일이 과연 있을 수 있는 일이겠는가.

"일어나라."

연달아는 손수 두 사람을 일으켰다. 연달아가 두 사람에게 하대를 하는 것은 당연하다. 두 사람이 60대, 50대지만 연달아는 1345년 전 사람이다. 게다가 까마득한 선조의 주군이 아닌가.

"주군……."

명림만리와 영보제는 걷잡을 수 없이 눈물을 흘리면서 연달아를 바라보며 말을 잇지 못했다.

강철 같은 사나이 연달아도 두 사람 앞에 서서 감정이 복받쳐서 눈물을 글썽였다.

"명림해우, 영도루……."

연달아는 마치 1345년 전의 부하들을 보는 것 같아서 자기도 모르게 그들의 이름을 중얼거렸다.

명림해우와 영도루, 그리고 다른 19명 오골철갑기병의 얼굴이 그의 눈앞에서 어른거렸다.

그들과 함께 드넓은 요동 벌판을 내달리면서 당나라군을 격파하던 일이 바로 어제인 것처럼 기억에 생생했다.

그는 두 팔을 뻗어 명림만리와 영보제를 와락 끌어안았다.

"반갑다."

단지 짧은 한마디지만 그 말 속에 담겨 있는 수많은 의미를 명림만리와 영보제는 느낄 수 있다.

그래서 그들도 연달아를 마주 안고서 감격으로 몸을 떨면서 울고 또 울었다.

말이 쉽지 도대체 1345년 동안 오로지 하나의 목적과 각오를 가슴에 품은 채 연달아를 만나기 위해 살아왔다는 사실이 현실적으로 가능한 일이겠는가.

1345년 전 오골철갑기병 생존자 21명의 선조들이 그런 유시를 남겼다고 해도 후대의 누군가가 그것을 따르지 않으면 그만이다.

후대의 누구 한 사람이라도 선조의 유시를 외면해 버리면 그 아래 후대에서는 선조의 목적 따위가 영원히 사라져 버리는 것이다.

1345년 30대(代) 이상의 길고도 긴 세월 동안 주군 요동욱살을 만나겠다는, 그래서 다시 한 번 그를 모시고 대고구려제국을 건설하겠다는 처절한 일편단심이 있지 않고는 결코 행할 수 없는 일이다.

그러므로 이들은 오골철갑기병의 후예가 아니라 오골철갑기병 그 자체인 것이다.

연달아와 명림만리, 영보제는 오랫동안 서로를 끌어안은 채 떨어질 줄을 몰랐다.

손권호와 금동은 아랑이 눈물을 흘리면서 오골철갑기병에 대해 설명하는 것을 듣고는 혼비백산하고 말았다.

두 사람은 과연 그런 기적 같은 일이 현실에서 일어날 수 있는지 믿어지지가 않는 표정으로 연달아와 명림만리, 영보제가 서로 포옹하고 있는 광경을 쳐다보았다.

그리고 오래지 않아서 손권호와 금동의 눈에서도 걷잡을 수 없는 눈물이 흘러내렸다.

1345년 전, 오골철갑기병 생존자 21명 중에서 중국에 뿌리를 내린 사람은 15명이다. 그리고 북한에 한 명, 대한민국에 두 명, 일본에 두 명, 그리고 마지막 한 명은 대만으로 건너가서 자리를 잡았다.

그들 21명은 최초에 오철기단(烏鐵騎團)이라는 조직을 탄생시켰으며, 어디에 있든지 서로 연락하고 협조하면서 끈끈하고 강한 유대를 이어왔다.

그리고 그들의 목적은 오직 하나, 서기 2012년에 만날 요동욕살 연달아와 그가 건설하게 될 21세기 고구려 제국에 조금이라도 보탬이 될 만한 기반을 마련하는 것이었다.

그런데 세월이 흐르는 동안 몇 가지 변화가 생겼다. 그중 하나가 각 나라로 흩어진 가문들 간에 연락이 끊어지기 시작했다는 것이다.

중국 내에서 뿌리를 내린 열다섯 가문은 여러 차례 나라가 바뀌거나 전란이 일어났어도 어느 정도 세월이 지나면 자연스럽게 다시 만날 수가 있었다. 같은 나라에 살고 있다는 유리한 조건 때문이다.

하지만 다른 나라로 간 사람들하고는 차츰 연락이 뜸해지고 어려워지더니 언제부터인가 아예 끊어지고 말았다. 그로 인해 그들과의 교류 자체가 되지 않았다.

원인은 그 나라 안에서 벌어진 여러 차례의 처참한 전쟁 때문이었다.

전쟁은 모든 것을 크게 변화시킨다. 일단 수십만에서 수백만 명이 떼죽음을 당한다. 그런 전쟁을 여러 차례 겪다 보면 그 나라의 인구가 크게 감소하고 완전히 대가 끊어지는 가문도 나오게 마련이다.

그런 여러 상황 때문에 오철기단은 중국에 뿌리를 내린 열다섯 가문과 대만으로 건너간 한 가문, 도합 열여섯 가문과만 서로 교류하면서 지금껏 이어져 왔다. 한반도와 일본으로 건너간 가문을 찾으려는 시도는 이후에도 계속되었으나 끝내 별다른 소득이 없었다.

그 열여섯 가문, 즉 오철기단은 중국 내 각 지역에서 최고, 최대의 명문이며 파벌로 굳건하게 자리를 잡았다.

그래서 현재 오철기단은 중국의 정치와 경제 분야에서 타의 추종을 불허할 정도의 위치를 굳혔다.
 열여섯 가문이 정치와 경제 분야에만 진출한 데에는 나름대로 이유가 있다.
 나중에 고구려 제국을 건설하자면 가장 절실하게 필요한 것이 권력과 자금이기 때문이다.

 "중국 군부는 저희가 완전히 장악하고 있으니까 아무 염려하지 마십시오."
 명림만리가 맞은편에 앉은 연달아에게 공손히 술을 따르면서 말했다.
 옆에 앉은 영보제가 명림만리를 가리키면서 덧붙였다.
 "명 형님께선 중국 중앙군사위원회 부주석으로서 군부를 한 손에 쥐고 있으며, 국방부장과 총참모부장 등 최고 지휘부 내의 다섯 명이 우리 쪽 오철기단의 사람입니다."
 연달아는 조금 전에 명림만리와 영보제의 신분을 알게 되었을 때 중국팀이 어떻게 해서 작전 계획을 100% 성공시킬 수 있었는지 이유를 알 수 있었다.
 명림만리와 영보제가 전폭적으로 밀어주었기 때문에 가능했던 것이다.
 하지만 연달아는 한 가지 의문이 생겼다.
 "그런데 너희는 다물과 내가 연관이 있다는 사실을 어떻게 알았느냐?"

명림만리와 영보제 등 오철기단이 어떻게 그 사실을 알아내고 다물 중국팀을 도왔느냐는 것이다.

연달아와 고방아가 다물의 우두머리가 된 시기는 불과 석 달 남짓밖에 안 됐지만 오철기단이 다물 중국팀과 연관이 된 것은 10여 년 가까이 되었다는 것이다.

명림만리는 연달아가 그렇게 물을 줄 알았다는 듯 공손히 아뢰었다.

"현재 다물 중국팀에서 활동하고 있는 부요원 이하 실행요원은 6,759명입니다."

연달아의 옆에 서 있던 손권호는 깜짝 놀랐다. 명림만리의 말은 정확했다.

다물 중국팀에서 정요원을 제외한 부요원과 실행요원을 모두 합치면 6,759명이다.

그 사실을 알고 있는 사람은 중국팀 내에서 손권호를 비롯하여 불과 두세 명밖에 없다. 그런데 그것을 명림만리가 알고 있으니 놀라운 일이다. 손권호는 심장이 오그라드는 것을 느꼈다.

"그, 그걸 어떻게 알았습니까?"

명림만리는 엷은 미소를 지었다.

"실은 그들 6,759명 모두가 우리 오철기단 사람이오."

"에엣?"

손권호와 금동은 소스라치게 놀랐다. 두 사람은 명림만리가 헛소리를 하는 것이라고 생각했다. 절대로 그럴 리가, 아니, 그럴 수가 없기 때문이다.

"말도 안 됩니다!"

손권호는 자기도 모르게 고개를 세차게 저으면서 큰 소리로 외치며 부정했다. 하지만 마음속으로는 사실일지도 모른다는 생각이 들었다.

"그들은 10여 년에 걸쳐서 한 명씩 일일이 포섭하여 지금에 이른 것입니다. 그럴 리가 없습니다."

그는 그럴 리가 없다고 확신했다. 6,759명은 10여 년에 걸쳐서 6,759가지의 크고 작은 사연과 인연으로 다물 중국팀의 일원이 된 것이다.

그런데 그 모든 것을 오철기단이 만들어냈다는 것은 절대로 불가능하다. 있을 수도 없는 일이다.

그런데 이번에는 영보제가 설명했다.

"그들 6,759명은 모두 오철기단 사람, 즉 중국 내에 뿌리를 내린 열여섯 가문의 후손들이 분명하오. 내가 직접 그 일에 관여했기 때문에 잘 알고 있소."

"설마……."

"우리는 중국팀이 다물의 하부 조직이라는 사실을 7년 전에 알게 됐소."

영보제는 연달아를 바라보며 공손히 말했다.

"주군께선 1345년 전에 저희 선조들, 즉 오골철갑기병 생존자들에게 다물에 대해서 자세히 설명해 주셨고, 선조들은 후손들에게 그것을 생생하게 전했습니다. 그래서 저희는 앞으로 6년 후에 주군께서 현세에 출현하셔서 다물의 군왕이 되실 것이라 확신하고 그때부터 중국팀을 전폭적으로 돕기 시작한 것입니다."

연달아가 오골철갑기병 생존자 21명을 만나서 구해주었던 시기는 2012년 12월이었다.

그래서 그들은 후손들이 연달아를 2012년에 만날 것이라고 예언한 모양이다. 하지만 실제로는 한 달이 지난 2013년 1월에 만나게 되었다.

"그랬었군."

"저희는 될 수 있는 대로 오철기단 사람들을 중국팀 부요원이나 실행요원으로 만들려고 애를 썼으며, 그 결과 6,759명 전원을 우리 사람으로 만들 수 있었습니다."

"맙소사……!"

손권호는 입이 딱 벌어져서 말이 나오지 않았다. 영보제가 연달아 면전에서 거짓말을 할 리가 없다. 그렇다면 그의 말은 사실이라는 뜻이다.

오철기단은 처음부터 자기 사람을 중국팀에 넣기도 했으며, 그러지 못한 경우에는 7년여에 걸친 세월 동안 차근차근 자기네 사람들로 바꿔서 다 채워 넣은 것이다.

말로 하니까 간단한 것처럼 들리지 6,759명이나 되는 사람을 중국팀에, 그것도 비밀리에 투입하고 또 바꿔치기하는 것이 과연 가능하기나 한 일이겠는가.

그로 미루어 오철기단 사람들이 그 일에 얼마나 정성을 쏟았는지 짐작할 수 있었다.

오철기단이 중국팀을 전력으로 도왔기에 망정이지 만약 적이었다면 중국팀은 오래전에 절단 나고 말았을 것이다. 그런 생각을 하니까 손권호는 가슴이 서늘해졌다.

"만리, 오철기단 사람은 현재 몇 명이나 되느냐?"

"198만 명입니다."

연달아의 물음에 명림만리는 즉시 대답했다. 1345년 전에는 불과 21명이었는데 지금은 198만 명이라니, 아니, 그것은 중국과 대만의 열여섯 가문에서 파생된 후손의 수일 뿐이지 다른 나라로 간 다섯 가문까지 합치면 더 엄청날 것이다. 중국 인구 13억에 비하면 아주 적은 수지만, 그 정도면 작은 나라 하나를 세울 수도 있겠다.

"저희 모두는 대고구려가 세워지기를 학수고대하면서 중국 내의 거의 모든 것을 장악했습니다. 주군께서 무엇이든 말

쏨만 하시면 불가능한 것이 없습니다."

연달아는 미소를 지으며 고개를 끄덕였다.

"애썼다."

"저희 세대에 주군을 뵙게 되어 다시없는 영광입니다. 오철기단 모두에게 주군의 훌륭한 모습을 보여주고 싶습니다. 모두들 감개무량해할 것입니다."

연달아는 빙그레 미소 지으면서 손을 저었다.

"무리다. 198만 명을 한자리에 모은다는 것은 불가능한 일이야."

"그러지 않아도 됩니다."

"달리 방법이 있느냐?"

"오철기단에 인터넷 방송국이 있으며 오철기단 사람만이 그 방송에 접속할 수 있습니다. 주군께서 그 방송에 출연하셔서 모두에게 한 말씀 해주시면……."

"알았다. 그렇게 해서라도 모두를 만나고 싶다."

"감사합니다."

연달아는 정오에 명림만리 등을 만나 대화를 나누면서 화기애애하게 식사를 한 후 명림만리가 안내하는 장소로 자리를 옮겼다.

손권호는 만약을 대비해서 약속 장소 안팎에 무기를 휴대한 부하 수십 명을 배치시켰다가 모두 철수시켰다.

명림만리가 자신의 차로 연달아 일행을 안내한 곳은 베이징 남쪽 외곽 지역의 어느 강가에 위치한 으리으리한 대저택이었다.

그곳에는 열다섯 사람이 미리 와서 기다리고 있었다. 명림만리 등이 연달아하고 점심 식사를 하는 동안 영보제가 전화를 해서 모이게 한 것이다.

대저택은 오철기단의 소유다. 그리고 그곳에서 기다리고 있던 15명은 오철기단 사람들로서 하나같이 중국 최고 권력과 군부의 핵심 인물들이었다.

중국군은 일곱 개의 대군구(大軍區)로 이루어져 있다. 하나의 군구에 여러 개의 군단과 기계화사단, 공군, 해군이 망라된 합성 집단군의 형태다.

예를 들어 7대군구 중에서도 가장 막강한 베이징군구는 27, 38, 65군단을 주축으로, 중국군 50개 전 사단 중에서도 최강의 전력인 6기갑사단을 비롯하여, 두 개 장갑화사단과 한 개 기계화 보병사단, 네 개 포병여단, 다섯 개 대항공대전차사단, 7, 15, 24, 34비행사단, 1, 3수도무장경찰, 북해함대, 제10공군 등이 소속되어 있다.

그런데 지금 이곳 대저택에 중국군 7대군구 최고 지휘관, 즉 사령관인 일곱 명의 상장(上將:대장)이 모두 모였다.

그 외에도 7대군구를 총지휘하는 총참모장과 총정치부 주임, 총후근(병참)부장, 총장비부장 등도 모였다.

그야말로 220만 중국군의 최고 지휘관들이 대저택에 모두 모여 있는 것이다. 또한 그들 모두는 오철기단의 사람들이기도 했다.

그날 연달아와 아랑은 대저택에서 그들과 어울려 밤늦도록 술을 마시면서 대화를 나눈 이후에 그곳에서 잤다.

연달아가 명림만리와 영보제를 만남으로 인해서 다물의 대고구려 건설 계획은 그야말로 급물살을 탔다.

명림만리 등을 만나기 전까지만 해도 중국팀이 배신을 했거나 부요원들이나 실행요원들이 뭔가 이상한 짓을 꾸미고 있을 것이라고 거의 확신하듯 의심을 했으나 오철기단의 등장으로 그런 것들은 깡그리 사라져 버렸다.

연달아가 직접 중국에 와서 중국팀의 작전을 검토한 결과 100%, 아니, 200% 완벽하게 준비가 끝난 상태다. 그러므로 언제라도 연달아가 명령만 하면 중국 전역은 돌이킬 수 없는 전쟁에 휘말리게 될 것이다.

하지만 한 가지 크게 마음에 걸리는 것이 있었다. 다름 아닌 묵인자 때문이다.

오철기단은 중국의 권력과 군부, 재계를 거의 완벽하게 장악하고 있는 상태다.

명림만리 위에 중국 권력 일인자 총서기, 즉 주석이 존재하고 있지만 그는 나이가 많아서 곧 은퇴를 해야 하는 상황이며, 또한 명림만리를 적극 후원하고 있다.

명림만리를 차기 주석으로 밀어주고 있는 사람이 바로 현재의 주석인 것이다.

파런너는 묵인자가 이미 중국을 완벽하게 장악했다고 실토했었다.

그런데 오철기단 사람들은 묵인자뿐만이 아니라 어떤 세력이 중국의 권력층과 군부 등을 장악하거나 장악을 시도했다는 말 자체가 금시초문이라고 입을 모았다.

그런 일은 있을 수 없다는 것이다. 만약 실제로 그런 일이 있었다면 중국 전역을 장악하고 있으며 또한 구석구석까지 거미줄 같은 정보망을 지니고 있는 오철기단이 모를 리가 없다는 것이다.

거기에서 연달아는 고민에 빠졌다. 세계를 정복하겠다는 야욕을 품고 있는 묵인자가 중국 내에서 아무것도 하지 않았을 리가 없다.

더구나 묵인자는 삼대에 걸쳐서 중국과 전 세계에 준비를 해두었다고 하지 않았는가.

삼대면 짧게 잡아도 2백 년이다. 아니, 묵인자의 수명이라면 3백 년 이상이라고 해도 지나치지 않다.

무려 3백여 년 동안 세계 정복을 위한 온갖 준비를 했다는 데도 흔적을 전혀 찾을 수가 없다는 것은 도저히 이치에 맞지 않는다.

묵인자는 단지 존재하는 것 자체만으로도 다물에게는 엄청난 위협이 된다. 그런 그가 아무런 준비를 해두지 않았을 리가 없다.

그렇다면 이유는 하나뿐이다. 묵인자는 세계 정복의 준비를 이미 끝냈다.

오철기단이나 다물 중국팀이 그것을 발견하지 못한 것은 그의 준비가 너무도 완벽하기 때문이다.

그것은 마치 거울처럼 잔잔한 호수의 수면 같은 것이다. 하지만 수면 아래 깊은 곳에서 무슨 일이 벌어지고 또 감추어져 있는지는 물속에 들어가 보지 않고는 도저히 알아낼 수가 없다.

그러나 도대체 어떤 식으로 감춰져 있기에 중국을 거의 완벽하게 장악하고 있는 오철기단의 촉각에도 걸리지 않을 수 있는지 모를 일이다.

오철기단과 묵인자, 즉 묵인군단은 중국을 장악했다고 서로 주장하고 있다.

둘이 동시에 중국을 장악할 수는 없다. 분명히 겹치는 부분이 있다. 아니, 아주 많을 것이다.

그렇다면 둘 중 하나는 사실이 아니다. 하나는 자신이 중국을 장악했다고 믿을 뿐이지 실제로는 장악하지 못한 상태인 것이다. 아니면 하나는 중국의 껍데기만 장악했다는 얘기다.

 과연 누가 중국의 실체를 장악하고 있는 것인가. 1345년 동안 후손의 세를 불리면서 성을 쌓듯이 차근차근 중국을 집어삼킨 오철기단인가, 아니면 과거 당나라의 황제였던 이세민 묵인자가 3백여 년에 걸쳐서 자신의 조국을 확실하게 장악했을까.

 그러나 연달아는 끝내 해답을 얻지 못했다. 그것은 생각과 고민만으로 해결될 문제가 아니다.

 그래서 그는 결국 파런너를 통해서 알아낼 수밖에 없다고 판단했다.

제73장

일본자위대 독도 점령

RUNNER
런너

 오철기단의 지도자, 즉 단주는 여자인데, 명림만리의 여동생이며 54세의 나이다.

 비록 여자이지만 선조 명림해우의 피를 이어받은 덕분에 산천초목을 떨게 만드는 여장부다.

 그녀가 오철기단의 단주가 된 것은 선조가 처려근지 명림해우였기 때문이 아니다. 또한 오빠인 명림만리의 후광을 입어서도 아니다. 순전히 자신의 능력만으로 단주의 지위에 오른 것이다.

 단주는 열여섯 가문의 가주들이 투표를 통해서 선출되며

임기는 10년이다.

오철기단주 명림해화(明臨解花)는 열여섯 가문의 투표에서 16표 전부를 얻어서 단주가 되었다.

그녀는 단주를 할 사람이 자기밖에 없다는 생각에 자기 자신을 찍었다.

오철기단은 휘하 198만여 명의 생살여탈권을 쥐고 있으며, 열여섯 가문이 보유하고 있는 재산이나 기업 등 모든 것을 소유하고 있다.

즉, 열여섯 가문의 재산은 그들 각자의 것이 아니라 오철기단 전체 공동소유라는 뜻이다.

오철기단은 고구려 후손들의 공동체다. 열여섯 가문 중 대표자 한 명이 단주로 선출되고 열여섯 명의 가주(家主)가 장로, 그리고 그 아래 열 개의 각 계급과 조직들이 있으며, 조직원들은 198만 명 전부로 구성되어 있다.

그러나 명림가의 가주는 명림해화이기 때문에 부가주가 장로의 지위를 받았다.

넓은 밀실에는 많은 사람들이 모여 있었다. 오철기단주 명림해화를 비롯하여 열여섯 가문의 가주, 즉 장로, 그리고 오철기단 휘하의 열 개 각 조직의 지휘자 100여 명이 운집했다.

한쪽에 바닥에서 다섯 계단 높이의 단상이 있고 그곳에 크고 화려한 빈 의자 하나가 놓여 있다. 잠시 후 그곳에는 다물의 군왕이 앉게 될 것이다.

단상 아래 넓은 곳에는 좌우에 서로 마주 보고 17명, 즉 명림해화와 장로들이 서 있으며, 그 끝에는 100여 명이 단상을 향해 질서 있게 서 있는 광경이다.

실내에는 120명 가까운 많은 사람들이 모여 있지만 말소리는커녕 숨소리조차 들리지 않았다. 모두가 그만큼 긴장하고 있다는 뜻이다.

이들은 아직 아무도 군왕을 보지 못했다. 1345년 전 오골 철갑기병 21명의 생존자들은 오로지 '2012년에 다시 만나자'라는 요동욕살의 말 한마디를 우직하게 믿고 이날까지 기다리면서 살아왔다.

이들의 선조 21명의 생존자들은 누구보다도 군왕, 아니, 요동욕살을 그리워했다.

그리고 그와 함께 새로운 대고구려 제국을 건설하고 싶어했다. 하지만 그들은 그것을 후손에게 맡긴 채 흙으로 돌아가야만 했다.

그러기를 수십 대, 아주 먼 길을 돌아서 1345년 만에 21명 생존자의 후손들이 마침내 꿈속에서만 그리던 주군을 만나기 위해 이 자리에 모인 것이다.

오철기단주 이하 모두는 꼿꼿하게 선 채 단상 좌측의 문을 뚫어지게 주시하고 있었다.

그때 문이 열리고 오철기단의 안내인이 먼저 들어와서 문 옆에 서서 공손히 허리를 굽혔다.

그리고 그 뒤를 이어 모두들 그토록 기다리던 연달아가 좌우와 뒤에 아랑과 금동, 손권호를 대동한 채 성큼성큼 걸어 들어왔다.

중국팀장 손권호는 오늘 같은 날에 연달아가 정장으로 갖춰서 입기를 권했으나 그는 입던 그대로 얇은 파카와 청바지 차림을 고집했다. 꾸밈없이 자신의 있는 그대로를 보여주자는 것이다.

1m 85cm가 넘는 큰 키에 후리후리한 체구, 같은 남자가 봐도 한눈에 반하고 말 듯한 잘생긴 용모.

오철기단 사람들은 안내를 받으면서 단상에 오르고 있는 연달아를 눈도 깜빡이지 않고 숨을 멈춘 채 지켜보면서 감탄을 금치 못했다. 연달아의 헌앙한 모습은 그들이 기대하던 것 이상이었다.

연달아는 단상을 뚜벅뚜벅 걸어가더니 이윽고 한가운데에 사람들을 향해 우뚝 섰다.

그 역시 오철기단 사람들 못지않게 감개무량한 심정이다. 가슴이 마구 뛰고 눈시울이 뜨거워지는 것을 힘들게 억눌러 참고 있는 중이다.

그때 오철기단주 명림해화가 단상 아래 한가운데로 걸어 나와 연달아를 향해 마주 섰다.

그녀의 실제 나이는 54세지만 외모로는 40대 중반으로밖에 보이지 않았다.

또한 운동으로 다져진 탄탄한 몸매를 지녔으며 수려한 미모에 단아한 기품이 흘러넘쳤다.

명림해화는 단상의 연달아를 우러러보았다. 그녀는 조금 전에 연달아가 실내로 들어올 때부터 울고 있었다.

그녀는 군왕을 본다고 해도 자기가 울게 될 줄은 몰랐다. 그저 감격해서 가슴이 벅차는 정도일 것이라고 생각했다. 그런데 어찌 된 일인지 연달아를 보는 순간 갑자기 눈물이 왈칵 쏟아졌다.

눈물만 나는 것이 아니라 울음까지 터져 나오는 것을 지금 그녀는 어금니를 힘껏 악물고 참는 중이다.

연달아를 우러르던 명림해화는 그 자리에 사르르 주저앉듯이 무릎을 꿇으며 큰절을 올리며 울먹였다.

"명림해우의 33대손 명림해화, 그리고 오골철갑기병 21명 생존자의 후손들이 주군께 인사 올립니다."

그러자 그것이 신호인 듯 실내의 모든 사람들이 절을 올리면서 입을 모아 외쳤다.

"주군을 뵈옵니다!"

명림해화를 비롯하여 모두들 이마를 바닥에 댄 채 어깨를 들썩이며 흐느껴 울었다. 그들의 흐느낌 소리가 고즈넉이 실내를 흔들었다.

그들을 굽어보는 연달아는 눈물이 핑 돌았다. 그 눈물 너머로 1345년 전 요동 벌판에 두고 왔던 21명 부하들의 모습이 어른거렸다.

연달아 뒤에 서 있는 아랑과 금동, 손권호는 흐르는 눈물을 주체하지 못하고 있었다.

연달아는 손등으로 눈물을 닦고 나서 조용한 목소리로 말문을 열었다.

"일어나라."

명림해화를 필두로 모두 일어서자 연달아는 그들을 앉게 하고 자기도 단상의 의자에 앉았다. 아랑과 금동은 그의 좌우에, 손권호는 뒤에 호위하듯이 섰다.

오철기단 사람들은 연달아를 바라보면서 그의 첫 마디를 조용히 기다렸다.

연달아는 허리를 꼿꼿하게 펴고 어깨를 활짝 편 채 조용하지만 또렷한 목소리로 입을 열었다.

"나는 요동욕살 연달아다."

모두들 그 사실을 알고 있지만, 연달아의 입으로 직접 그 말을 들으니 꿈인지 생시인지 분간하기 어렵다는 듯한 표정으로 그를 바라보았다.

"나는 35일쯤 전에 명림해우를 비롯한 스물한 명의 부하들을 요동에서 만났다."

모두의 가슴이 크게 요동쳤다. 그들은 연달아가 시간을 거슬러 올라 서기 668년으로 가서 오골철갑기병 21명을 구해주고 2012년으로 돌아갔다는 사실을 대대로 조상들로부터 전해 들었다.

불과 100년 전에 실제 일어났던 일이라고 해도 후대에서는 전설처럼 여겨지게 마련이다.

하물며 1345년 전 까마득한 옛날에 일어난 일이야 오죽하겠는가.

그러나 기독교인들이 성경책의 내용을 믿듯이, 오철기단 사람들은 1345년 전에 연달아가 행했던 기적을 신앙처럼 믿고 의지해 왔다.

그런데 그 사실을 당사자인 연달아에게 직접 들으니 그저 감개무량할 뿐이다.

그것은 마치 기독교인들이 하나님에게 성경책의 내용을 직접 듣고 있는 듯한 기분이었다.

연달아의 조용한 말이 다시 이어졌다.

"그런데 이렇게 너희를 만나고 보니 부하들을 다시 만난 것처럼 기쁘다."

겨우 흐느낌을 멈췄던 오철기단 사람들은 그의 말에 다시금 눈물이 솟구쳤다.
"나는 그들이 너무도 그립구나."
연달아는 자신이 군왕이라고 해서 위엄을 갖추거나 감정을 억제하고 싶지 않았다.
지금 이 자리에서의 그는 단지 하나의 인간이고 싶었다. 모두 같은 고구려인인 것이다.
"너희의 이런 자랑스러운 모습을 그들에게 보여주지 못하는 것이 안타깝다."
오철기단 사람들은 연달아의 너무도 인간적인 모습에 크게 감동했다.

이후 연달아는 오철기단주 명림해화와 열여섯 명의 장로, 그리고 100여 명의 오철기단 간부들에게 묵인자에 대해서 설명해 주고 그와 그의 흔적을 찾아낼 것을 명령했다.
오철기단주 명림해화는 뜻하지 않은 일에 적잖이 놀랐으나 반드시 묵인자와 그가 닦아놓은 중국 내의 기반이라는 것을 찾아내겠다고 장담했다.
그녀는 만약 오철기단이 전력으로 노력해서도 묵인자의 기반을 찾아내지 못한다면 중국 내에는 없는 것이라고 못 박았다.

그녀는 그만큼 오철기단의 힘을 확신하고 있었다. 오철기단은 현재의 중국을 떠받치고 있는 기둥인 것이다.

오철기단 사람들하고 헤어진 연달아는 다시 중국팀이 있는 뚱펑빌딩 15층으로 돌아왔다.

오철기단 사람들은 연달아가 당연히 자신들이 제공하는 장소에서 묵을 것이라고 생각했다가 그가 손권호를 따라가자 실망이 이만저만이 아니었다.

하지만 뚱펑빌딩에 중국팀이 있고 또 모든 시설들이 갖추어져 있기 때문에 연달아로서는 그곳에 머무는 것이 여러모로 편리했다.

오철기단은 연달아를 자신들의 거처에 머물게 하지 못하는 대신에 몇 가지 조치를 취했다.

오철기단 최상위 조직 오골금대(烏骨金隊)의 지휘관인 총대주를 연달아에게 붙여주었다. 연달아는 그것까지 거절할 수는 없었다.

아니, 나중에 알게 되었지만 오골금대는 그에게 큰 도움이 되어주었다.

오철기단이 휘하에 거느리고 있는 열 개의 조직은 각각 독립된 다목적 종합 편성군의 형태를 취하고 있다.

즉, 하나의 조직 안에 군대와 경제, 외교, 정보 등 모든 시스템을 갖추고 있는 것이다.

그러므로 어디에서든, 그리고 어떤 상황에 처하더라도 외부의 지원이 전혀 없이 스스로 자급자족하면서 작전 수행이 가능하다.

오골금대는 열 개의 조직 중에서 최상위다. 최강이라는 뜻이고, 그래서 불과 1,000명으로 운용되고 있다.

두 번째 조직인 오골성대(烏骨星隊)의 전체 인원이 그 백 배인 10만 명이라는 사실을 감안한다면 오골금대의 1,000명이 얼마나 적은 수인지, 그러면서도 얼마나 소수 정예로 구성되어 있는지 쉽사리 짐작할 수 있다.

오골금대에는 총대주가 한 명 있으며, 그 아래 제1에서 제10까지 열 명의 대주들이 각각 100명씩의 정예요원들을 지휘하고 있다.

오골금대 총대주, 줄여서 오금총주는 오철기단주 명림해화의 아들 명림대영(明臨大英)이다.

나이 36세고 프린스턴대학을 나와 미국 특수부대에 근무하던 중 NSA(미국가안보국)에 특채되어 5년 동안 근무한 후에 중국으로 귀국했다.

이후 오골금대에 들어가 밑바닥에서부터 치고 올라와 작년에 총대주의 지위에 오른 입지전적인 사내다. 오철기단의 뛰어난 인물들 중에서 톱 10에 들 정도다.

오철기단주 명림해화는 16세에 결혼하여 자식을 열다섯 명 낳았으며 명림대영은 차남이다.

오철기단 사람들은 고구려의 조혼 풍습을 이어받아서 모두 10대에 결혼을 했다.

옛날 고구려 시대에는 평균 수명이 40살 안팎이라서 조혼 풍습이 있었다.

하지만 현재의 오철기단 사람들 평균 수명은 중국인보다도 훨씬 높아 90세에 이르고 있다.

그러므로 오철기단의 여자들은 가임(可妊:임신 가능) 나이 동안 부지런히 자식을 낳았다.

그 덕분에 보통 한 가정에 적게는 열 명에서 많게는 서른 명까지의 자식을 낳았다.

그러나 그 많은 아이들을 어떻게 키울지 걱정할 필요는 조금도 없었다.

오철기단 사람들의 재산이 모두 오철기단 공동의 소유인 것처럼, 오철기단의 아이들은 모두 오철기단에서 도맡아서 키워준다.

부모가 자식들을 직접 키우고 싶다고 하면 양육에 필요한 모든 것을 지원해 준다.

오철기단 사람들이 될 수 있는 한 힘껏 자식을 많이 낳으려고 하는 이유는 하나뿐이다.

중국 내에서 오철기단의 세를 급속도로 불리기 위함이고, 장차 만나게 될 요동욕살에게 더 많은, 그리고 막강한 힘을 보태주기 위해서였다.

그 계획은 성공했고, 그래서 지금은 오철기단 소속의 고구려인 수가 198만여 명에 이르게 된 것이다.

연달아를 따라서 뚱펑빌딩에 온 사람은 오금총주 명림대영 한 사람뿐이다.

하지만 눈에 보이는 사람이 명림대영뿐이지 보이지 않는 사람들, 즉 오골금대 대원들은 보이지 않는 곳에서 활발하게 움직이고 있었다.

우선 그들은 뚱펑빌딩에 있는 모든 시설을 오철기단 본부의 시설들과 연결시켰다. 즉 인터넷과 IT, 통신 등을 공유하게 된 것이다.

그로써 오철기단 본부는 서울의 다물 내본부와도 자유롭게 소통할 수 있게 되었다.

오골금대의 주요 임무는 전적으로 연달아를 호위하고 그의 명령에 따르는 것이다.

그리고 두 번째 임무가 다물과 오철기단을 원활하게 연결하는 역할이다.

연달아와 아랑은 뚱펑빌딩 15층 남쪽 창에 면해 있는 방을 숙소로 사용하고 있다.

그 방은 약 150여 평 규모로 매우 넓었으며, 그 안에 최고급의 거실과 욕실, 침실, 회의실, 작업실 등이 고루 갖추어져 있었다. 욕실은 두 개고 침실은 세 개다.

그래서 두 개의 침실을 금동과 명림대영이 나누어서 사용하기로 했다.

금동은 다물수호대의 일원이고 명림대영은 오철기단의 대리인이기 때문에 곁에 두기로 하였다.

금동과 명림대영은 한시도 연달아 곁을 떠나지 않았다. 명림대영은 이따금 특수 제작된 도청 따위를 걱정하지 않아도 되는 무전기로 부하들에게 이것저것 지시했다.

연달아는 그로부터 이틀 동안 눈코 뜰 새 없이 바쁜 시간을 보냈다.

대부분의 시간을 다물 중국팀의 작전 계획과 오철기단의 준비 상황을 검토하고 체크하면서 보냈다.

함께 생활하는 이틀 동안 금동과 명림대영은 연달아와 아랑이 깊은 관계, 즉 부부처럼 생활하고 있다는 사실을 자연적으로 알게 되었다.

하지만 두 사람은 그것에 대해서는 전혀 아무런 느낌도 없는 것 같았다.

그들에겐 연달아를 평가하거나 그의 행동에 대해서 거론

할, 아니, 생각을 할 자격조차도 없다. 그들은 신을 모시고 있기 때문이다.

연달아는 이틀 만에 대고구려 건설에 대한 중국팀의 작전 계획 검토를 완전히 마쳤다. 보통 사람이라면 몇 달을 걸릴 엄청난 분량이지만 그는 이틀 만에 세 번을 거푸 검토하는 것으로 끝냈다.

또한 그러는 틈틈이 파런너와 텔레파시로 교신하면서 묵인자의 음모에 대해서 알아내려고 노력했다.

하지만 성과는 실망스럽게도 전무했다. 묵인자는 세계 정복 음모에 대한 것들은 모조리 자신이 직접 관리하고 있는 것이 분명했다.

그게 아니면 파런너는 그 음모에 접근할 수 있을 만한 핵심적인 인물이 못 된다는 것이다.

그것은 곧 그는 묵인자에게 이용만 당하고 있다는 뜻이다. 언젠가 파런너는 묵인자에게 단물이 다 빨리고 나면 버려질 가능성이 크다.

대고구려 건설 작전 계획은 중국팀을 끝으로 완전히 마무리가 되었다.

이제는 디데이 날짜만 잡으면 되는 상황이다. 그러나 걸림돌이 묵인자다.

묵인자는 단 하나의 걸림돌이면서도 가장 위험한 걸림돌

이기도 하다.

 파런너가 실토한 정보에 의하면, 묵인자는 전 세계에 자기 사람을 심어두었거나 요직의 인물들을 포섭했다고 한다. 대한민국은 물론이고 북한군, 일본자위대 수뇌부에도 잠입해 있다는 것이다. 이런 상황에서는 절대로 대고구려 건설 계획을 실행에 옮기지 못한다.

 그래서 연달아는 파런너를 이용하여 묵인자의 음모에 직접 부딪쳐 보기로 마음먹었다.

 '헤헷! 이제는 전혀 아프지 않아. 아니, 무지하게 좋아. 에헤헤헤!'

 아랑은 부지런히 궁둥이를 들썩거리면서 허파에 바람이 들어간 사람처럼 속으로 킬킬대며 웃었다.

 '언니들 말이 맞았어. 이렇게 좋은 걸 그동안 나만 하지 않고 있었다니 정말 너무 손해였어. 그러니까 지금이라도 실컷 해야징.'

 새벽 6시가 다 되어가는 데도 아랑은 밤새 한숨도 자지 않은 채 연달아를 괴롭히는 중이다.

 지난밤에 연달아는 아랑하고 연이어서 세 번이나 관계를 하고는 잠이 들었다.

 그런데 아랑은 그것으로는 성이 차지 않았는지 그를 깨우

지도 않고 그의 성기를 조몰락거려서 잔뜩 키우고는 그의 몸에 올라가서 혼자서 참새처럼 할딱거리며 욕심을 채우고 있는 것이다.

'아아… 너무 조, 좋아.'

아랑은 지독한 쾌감에 흠뻑 취해서 어쩔 줄을 모르고 진저리를 쳐댔다.

바로 그때 연달아가 번쩍 눈을 떴다. 깊이 잠이 들어 있는데 그의 머릿속으로 고방아의 다급한 텔레파시가 전해졌기 때문이다.

[자기야, 일본 놈들이 독도를 점령했어!]

'무슨 소리야?'

연달아는 난데없는 소리에 잠이 확 달아나서 벌떡 일어나 앉았다.

"아아… 오빠, 나 이상해."

아랑에게는 텔레파시가 들리지 않았다. 그녀는 연달아가 호응을 해주기 위해서 일어난 줄 알고 두 팔을 그의 목에 감고 정신없이 몸을 움직였다.

[말 그대로야. 일본이 독도가 자기네 영토라고 방금 전 6시에 정식으로 발표했어.]

'자세히 설명해 봐라.'

[아니, 일본이 아니라 일본 방위성의 발표야. 그것 때문에

대한민국과 일본 열도가 발칵 뒤집혔어. 일본 정부의 발표가 아니라 일본 방위성이야.]

'일본 방위성이?'

[거기에서 대한민국 방송 잡혀? 빨리 봐봐. 방송 잡히지 않으면 내게 텔레파시 보내.]

'알았다.'

고방아는 자기가 설명하는 것보다 TV 뉴스를 보는 쪽이 훨씬 정확하고 빠를 것이라고 생각했다.

"아아아……."

아랑은 산꼭대기 마지막 정상에 오르려고 미친 듯이 허리를 움직이고 있었다.

그것은 갈증이 나서 죽을 것 같을 때 얼음이 동동 떠 있는 시원한 콜라를 막 입술에 갖다 대고 마시기 직전의 상황하고 똑같았다.

그런데 연달아가 벌떡 일어나 주섬주섬 옷을 입더니 급히 밖으로 나가 버렸다.

"오빠……."

아랑은 갑자기 허전한 것을 느끼면서 다 올랐던 산꼭대기에서 아래로 마구 굴러 떨어졌다.

침실 밖에서 연달아의 목소리가 들렸다.

"대영, 대한민국 TV 뉴스 좀 켜봐라."

위성 안테나로 수신한 대한민국 TV 채널들은 모두 일본자위대의 위대한 독도 무력 점령에 대해서 대대적으로 뉴스를 다루었다.

어느 채널이나 뉴스 내용은 다 대동소이했다. 하지만 그 내용은 한마디로 핵폭탄보다 더 큰 충격이었다.

TV 화면에는 수십 km 밖 원거리에서 잡은 독도의 모습에서 아나운서의 흥분한, 아니, 분노에 찬 격렬한 외침이 터져 나오고 있었다.

독도를 중심으로 주위에는 십여 척의 구축함과 호위함 따위들이 떠 있거나 유유히 움직이면서 순시를 하고 있으며, 각 함정에는 일본 해상자위대의 상징인 욱일승천기가 바람에 펄럭이고 있었다.

그리고 다른 광경도 있다. 워낙 원거리에서 잡아서 흐릿하지만 독도 동도 정상에 여러 개의 미사일 발사대와 중, 경기관총이 설치되어 있었다.

그리고 그곳 국기 게양대에서 의당히 펄럭이고 있어야 할 태극기는 보이지 않고 일본 국기 일장기가 보란 듯이 휘날리고 있었다.

연달아와 금동, 명림대영은 벽걸이 TV에서 시선을 떼지 않은 채 꼼짝도 하지 않고 지켜보았다.

아랑도 나와서 연달아 옆에 붙어 앉아 눈을 동그랗게 뜨고는 TV 속으로 빨려 들어갈 것처럼 쏘아보았다.

대한민국 모든 TV 채널에서 정규 방송을 중단하고 내보내는 내용은 대략 이랬다.

오늘 새벽 6시 정각에 일본자위대가 구글, 야후 등 인터넷을 통해서 독도가 일본 영토임을 정식으로 선포했다.

그러므로 일본자위대가 함정과 자위대를 파견하여 독도, 아니, 다케시마를 방위하는 것은 당연한 일이다.

전 세계는 오늘을 기해서 다케시마가 일본 영토라는 사실을 분명히 인지해야 한다.

만약 다케시마를 중심으로 20해리 이내 바다나 영공으로 선박과 항공기들이 진입한다면 적으로 간주하여 가차없이 격추하겠음을 엄중히 경고한다.

마른하늘에 날벼락 같은 일, 아니, 변고가 아닐 수 없다.

대한민국 TV에서는 국민들의 격렬한 반응이 방송되고 있는 중이다.

아침 7시가 가까워지자 등교하거나 출근하는 사람들이 많아졌고, 그들은 취재하는 TV 카메라에 대고 분노를 감추지 못하고 일본을 성토했다.

또한 어떤 시민들은 당장 무력으로 독도를 되찾아야 하며 일본과의 전쟁도 불사해야 한다고 분노의 눈물을 흘리면서 고함을 질렀다.

하지만 대한민국 정부에서는 아직 어떠한 공식적인 입장도 발표하지 않고 있었다.

눈으로 보지 않아도 정부가 발칵 뒤집혀서 대응책에 부심하고 있는 한편, 일본 정부에 어떻게 된 일인지 강력하게 해명을 요구하고 있을 것이다.

대한민국 정부로서도 곤히 잠자고 있다가 날벼락을 맞은 격이 아닐 수 없다.

이런 일이 벌어질 것이라고는 그 누구도 예상하지 못했을 테니까 말이다.

일본 방송들도 대한민국 방송 못지않게 시끄러웠다. 그들은 영문을 모른 상태에서 방송국 나름의 여러 가지 분석들을 쏟아내고 있었다.

그러나 한 가지 분명한 것은, 일본 방송국은 물론이고 거리의 일본인들도 하나같이 경악하고 또 당혹해하고 있다는 사실이다.

시민들은 일본이 또다시 전쟁을 일으키는 것이 아니냐고도 하고, 제2차 세계대전의 패전으로 일본 열도가 폐허로 변했던 끔찍한 과거를 회상하며 몸서리치기도 했다.

일본 국민들의 반응은 한마디로 전쟁 결사 반대였다. 또한 자위대의 독도 점령을 어처구니없는 만행이라고 목소리를 높여 규탄했다.

 일본 내 소수 과격한 우익 분자들이 스피커를 단 승합차를 몰고 거리로 몰려나와서 '위대한 야마토다마시여, 깨어나라' 어쩌고 떠들어대는 고함 소리는 일본 국민들의 걱정 속에 파묻혀 버렸다.

 미국 CNN 방송이나 영국 BBC 방송에서도 일본자위대의 독도 무력 점령을 특종으로 보도하고 있었다.

 연달아는 TV 앞에 앉아서 한 시간 동안 자리를 뜨지 않고 화면을 쏘아보았다. 뜰 수가 없었다.

 TV에서는 한 시간 전에 봤던 똑같은 내용을 계속 반복해서 보여주고 있는 중이다.

 하지만 연달아에게는 결코 똑같은 것이 아니었다. 같은 내용을 보고 또 들어도 그의 머릿속에서는 매번 다른 생각과 염려, 대응책들이 밤무대의 사이키 조명처럼 번쩍이며 명멸하고 있었다.

 "묶인자다."

 결국 그는 한 시간 반 만에 그렇게 중얼거리면서 자리에서 일어났다.

 아랑과 금동, 명림대영이 놀라서 그를 쳐다보았다. 그는 일어나서 TV를 쏘아보며 나직이, 그러나 잘근잘근 씹듯이 중얼거렸다.

"묵인자가 일본자위대를 조종한 것이다. 그것은 묵인자의 세계 정복 음모 중에 아주 작은 한 부분이 분명하다, 우리가 발견하지 못하고 있었던."

아랑과 금동, 명림대영은 그 자리에 얼어붙었다. 연달아의 말을 듣고 보니 과연 그럴 가능성이 짙었다.

아니, 묵인자 말고는 그런 짓을 저지를 자가 없다. 중국 내에서 발견하지 못하고 감추어져 있던 묵인자가 꾸민 음모의 끄트머리가 이렇게 드러나고 있었다. 그러나 그 끄트머리는 실로 치명적인 일격을 안겨주었다.

연달아의 중얼거림이 세 사람의 고막을, 아니, 심장을 후벼 팠다.

"드디어 묵인자가 세계 정복을 시작한 것인가?"

연달아는 파런너를 이용해서 묵인자의 최측근에게 접근해 보려고 했던 계획을 연기했다.

물론 일본자위대의 독도 무력 점령 때문이다. 지금은 대한민국과 일본 정부가 그 상황을 어떻게 대처할 것인지를 지켜보는 일이 더 중요하다.

그리고 다물에서는 그것에 대해 어떻게 대처해야 할지 방법을 궁리해 내야만 한다.

정말로 중요한, 그리고 아슬아슬한 시기에 묵인자가 사건을 터뜨렸다.

다물이 중국 국경 지대와 해상의 분쟁 지역에서의 중국군 도발을 일으키기 직전에 일본자위대의 독도 무력 점령이 벌어진 것이다.

또한 다물의 정요원인 이명훈 대통령 당선자가 대통령에 취임하는 2월 25일이 딱 보름 남아 있는 시점이다.

이명훈이 대통령에 취임한 이후라고 하면 일본자위대의 독도 무력 점령에 다물의 뜻대로 대응할 수 있다.

하지만 지금은 아니다. 현 대통령 신대철이 어떻게 대응할지 모르지만, 다물의 뜻하고는 거리가 멀 것이다. 그것만은 분명하다.

이런 시기에 일본자위대가, 아니, 묵인자가 일을 벌였다. 도대체 그것은 무엇을 의미하는 것인가.

왜 그자는 하필 꼭 이런 시기에 터뜨린 것인가. 절대로 그냥은 아닐 것이다.

어째서 지금 터뜨렸는지 반드시 이유가 있다. 그런데 연달아가 염려하고 있는 바로 그것이 이유일지도 몰라서 그는 초조했다.

어쩌면 묵인자가 다물의 계획을 이미 알고 있을지도 모른다는 사실 때문이다.

그렇지 않으면 왜 하필 꼭 지금이어야 하는지 이유가 분명하지 않다.

'혹시 다물에 첩자가 있는 것인가?'

창문 앞에 서서 팔짱을 낀 채 한참 골똘하게 생각하던 연달아는 마침내 결론을 내렸다.

'첩자다.'

그는 꼼짝도 하지 않고 선 상태에서 연정토에게 텔레파시를 보냈다.

'정토 형님, 다물에 첩자가 있습니다. 빠른 시간 안에 기필코 잡아내십시오.'

제74장

묵인자의 음모

RUNNER
런너

 그러나 다물 내부에 첩자는 없었다.
 연정토는 연달아에게서 텔레파시를 받은 즉시 다물 안팎을 발칵 뒤집어서 첩자 색출에 돌입했다.
 다물은 시스템이 획일적이고 명료해서 색출 작업은 그리 오래 걸리지도 또한 복잡하지도 않았다. 그 결과 다물 내에 첩자는 절대로 없었다는 것이 확인됐다.
 그러나 첩자 색출 과정에서 전혀 뜻하지 않았던 큰 것을 건져냈다. 아니, 밝혀냈다.
 해킹. 어이없게도 다물의 메인 컴퓨터가 해킹을 당하고 있었던 것이다.

다물의 세계 제일의 컴퓨터 요원들조차도 까맣게 모르는 사이에 당해 버렸을 정도로 완벽한 해킹이었다.

다물의 모든 내용은, 그리고 향후 계획은 모조리 내본부의 메인 컴퓨터에 저장되어 있다.

또한 메인 컴퓨터를 통해서 명령과 통신이 이루어지고, 계산과 도표, 계획이 만들어지고 있다.

즉, 다물 전체가 그 안에 들어 있었는데 그것이 해킹당했다. 아니, 지금도 당하는 중이다.

연달아는 명림대영에게 물었다.
"해킹이 무엇이냐?"
명림대영은 해킹이라는 것에 대해서 알기 쉽게, 그리고 정확하게 설명했다.

프린스턴대학 시절에 천재라고 불렸던 명림대영의 설명을 듣고 난 전능자는 그것을 완벽하게 이해하는 것을 넘어서 전혀 새로운 방법마저 찾아냈다.

그 방법은 지금의 난국을 타개하고 또 묵인자에게 철퇴를 가할 수 있는 결정적인 한 방이 될 것이다.
"그렇다면 혹시 역으로 해킹하는 것도 가능한가?"
명림대영은 화들짝 놀랐다. 해킹이 무엇인지, 아니, 컴퓨터에 대해서는 까막눈인 연달아의 입에서 나온 말이라고는 믿어지지 않는 기발한 발상이기 때문이다.

그는 연달아가 전능자라는 사실을 잠시 망각하고 있다가 크게 놀랐다.

"가능합니다."

대답을 하는 명림대영의 목소리가 흥분으로 떨렸다.

"어느 정도까지 가능하냐?"

"놈들이 현재도 해킹 중이기 때문에 상대 컴퓨터에 잠입해서 바이러스를 심어 시스템을 무력화시키거나, 컴퓨터 내에 담겨 있는 정보를 뽑아내는 것, 그리고 상대의 현재 위치, 교란 등을 할 수 있습니다."

연달아는 잠시 고개를 갸웃거리면서 뭔가 깊이 생각하더니 불쑥 물었다.

"묵인자가 내리는 것처럼 부하들에게 거짓 명령을 내릴 수는 없느냐?"

"옛?"

너무도 뜻밖의, 그리고 터무니없는 말이라서 명림대영은 깜짝 놀랐다.

"하, 할 수 있을 것 같습니다만……."

연달아는 소파에 앉아 있다가 벌떡 일어섰다.

"나와 함께 즉시 다물 내본부로 가자."

"군왕 전하."
명림대영은 당황해서 급히 손사래를 쳤다.
"제가 아니라 제 부하가 할 수 있다는 뜻입니다."
"그래? 당장 그를 데려와라."
"그리고……."
명림대영은 눈을 깜빡거리면서 뭔가 생각하면서 말했다.
"굳이 다물 내본부에 가지 않아도 이곳에서 할 수 있을 것 같습니다. 이곳 컴퓨터를 다물 내본부의 메인 컴퓨터와 연결하면 가능할 겁니다."
"그렇다는 말이지?"

상황이 급박하게 돌아가기 시작했다.
명림대영의 부하 중에는 컴퓨터 도사들이 십여 명 있다. 그들은 뚱펑빌딩 중국팀 메인 컴퓨터를 작동하여 해킹한 상대의 메인 컴퓨터에 잠입하는 데 성공했다.
그러나 잠입에 성공했을 뿐이지 상대의 메인 컴퓨터에서 정보를 뽑아내는 것과 거짓 명령을 내리기까지는 많은 시간이 소요될 듯했다.
연달아는 기다리고 있는 동안 묵인자의 명령인 것처럼 어떤 거짓 명령을 내릴지에 대해서 궁리하고 있었다.
그때 고방아로부터 다시 급보가 날아들었다.

[자기야, 대통령이 독도를 무력 점령한 일본자위대를 공격하기로 결정했대.]

그녀는 이제 연달아에게 '자기' 라는 호칭을 아무렇지도 않게 사용하게 되었다.

하지만 지금은 그게 중요한 것이 아니다. 그녀의 말에 연달아는 안색이 변했다.

'대통령이 최악의 방법을 선택했군.'

[그렇지?]

'대한민국 군대가 독도를 점령한 일본자위대를 공격하면 그들을 괴멸시킬 수는 있겠지만, 그것이 대한민국과 일본 간의 전쟁으로 번질 것이다. 그것을 바라고 묵인자가 이번 일을 꾸몄을 텐데 원하는 대로 해줘서는 안 된다.'

[그럼 어쩌지? 이미 군대가 출동했을 텐데?]

연달아는 길게 생각할 것도 없다는 듯 지시했다.

'대통령을 제압해. 그래서 군대를 철수시키라고 시켜.'

[알았어.]

고방아는 거기에 대해서는 이견을 달지 않았다. 싸우는 것이라면 밥보다 좋아하는 그녀가 '대통령 제압' 이라는 근사한 작전에 대해서 다른 말을 할 리가 없다. 또한 지금으로선 그 방법이 최선이다.

연달아는 뚱펑빌딩 메인 컴퓨터실을 나와서 15층 자신의 거처 거실로 갔다.

"오빠, 뭘 고민하고 있는지 나한테도 알려줘."

소파에 나란히 앉은 아랑이 그의 팔을 잡고 흔들었다.

연달아는 일본자위대가 독도를 무력으로 점령한 이후에 자신이 생각하고 있는 것들을 아랑에게 텔레파시로 전해주고 함께 공유했다.

연달아가 생각에 잠겨 있는 동안 아랑은 자신의 머릿속으로 전해진 그의 생각을 하나씩 꺼내서 마치 자신의 생각인 것처럼 차근차근 감상했다.

잠시 후에 연달아는 고개를 들며 중얼거렸다.

"아버님과 상의해야겠다."

그가 벽걸이 TV를 쳐다보는 순간 TV가 저절로 켜졌다. 그리고 곧 화면에 몇 사람의 모습이 나타났다.

그들은 세 사람인데 연달아의 아버지 이리가수미와 고모 연수영, 그리고 다물 일본팀장 이슬비였다. 그들은 소파에 앉아 있는 모습이었다.

연달아가 전능으로 TV를 켰고, 또 일본 오사카 이리가수미의 집에 있는 세 사람을 TV 앞으로 모이게 해서 그 모습을 이곳 TV에 나타나도록 한 것이다.

복잡한 것 같아도 연달아에게는 간단했다. 그가 단지 그렇게 하겠다고 마음을 먹는 것만으로 즉시 이루어졌다. 전파라든지 송신, 수신, 촬영 따위는 모두 우주 물질의 범위 안에서 이루어지는 것이기 때문에 전능자인 그가 하지 못할 리가 없는 것이다.

이리가수미와 연수영, 이슬비는 TV 화면에 나온 연달아의 모습을 보고 놀란 모양이었다.

그러나 그들도 일본자위대의 독도 무력 점령 사태에 대해서 잘 알고 있으며, 지금 그것 때문에 부심하고 있던 터라서 연달아가 왜 TV 화면을 연결했는지 곧 알아차렸다. 이리가수미는 심각한 표정으로 말문을 열었다.

"달아, 어떻게 하기로 했느냐?"

이리가수미는 거두절미하고 물었다. 연달아가 무슨 결정을 내렸을 것이라고 짐작한 것이다.

"대한민국 대통령이 독도를 점령한 일본자위대에 공격 명령을 내렸습니다."

"그것은 좋지 않다."

이리가수미는 아직 그 일에 묵인자가 개입됐다는 사실을 모르면서도 대번에 좋지 않다고 말했다.

그렇게 되면 대한민국과 일본이 전쟁을 벌이는 상황으로 치달을 것이고, 누군가 어부지리를 얻을 것이라고 짐작했기 때문이다.

"그래서 제가 다물수호대에게 대통령을 제압하여 공격 명령을 철회하라고 지시했습니다."

"잘했다."

연달아는 묵인자가 이 일에 개입되었을 가능성이 크다는 것에 대해서 이리가수미에게 설명하기 시작했다.

이리가수미는 파런너에게서 알아낸 묵인자의 세계 정복에 대해서 이미 보고를 들었기 때문에 연달아의 설명을 어렵지 않게 이해했다.

그러는 동안에 금동과 명림대영은 TV 화면의 이리가수미를 보면서 적잖이 놀라면서도 의아한 표정을 짓고 있었다.

이리가수미가 군왕인 연달아에게 하대를 하면서 윗사람처럼 행동하고 있었기 때문이다.

하지만 두 사람은 이리가수미가 누군지 알지 못했다. 중국팀 일원인 금동이지만 한 번도 이리가수미를 본 적이 없고, 오철기단의 명림대영은 더욱 그렇다.

그 모습을 보고 아랑이 두 사람에게 텔레파시로 이리가수미에 대해서 설명해 주었다.

"에엣? 저분이 이리가수미님!"

"우왓! 여, 연개소문이라고요?"

명림대영과 금동은 소스라치게 놀라 지금이 어떤 상황인지도 잊고 비명처럼 소리를 질렀다.

때마침 연달아는 묵인자가 이번 일에 개입한 것과 다물 내 본부 메인 컴퓨터를 해킹했다는 것, 그래서 그것을 역이용하려고 실행 중에 있다는 자신의 계획에 대해서 막 설명을 마친 상태였다.

명림대영과 금동이 소리치자 연달아와 이리가수미가 동시에 그들을 쳐다보았다.

이곳 실내에 있는 사람들 모습이 이리가수미가 있는 곳 TV 화면에 다 나타나기 때문이다.

"누구냐?"

이리가수미의 물음에 연달아는 지금이 다급한 상황이지만 그냥 넘어가지 않았다. 그는 금동과 명림대영을 차례로 가리켰다.

"이 청년은 다물수호대의 마지막 일곱 번째 이타입니다."

금동은 고꾸라지듯 그 자리에 엎어져 절을 올렸다.

"그, 금동입니다!"

연달아가 이번에는 명림대영을 가리켰다.

"아버님, 예전 소자의 수하 중에 처려근지 명림해우를 기억하십니까?"

"음, 알다마다. 해우의 부친 명림화륭(明臨和隆)이 태대형(太大兄)으로 내 오른팔이었잖느냐?"

명림대영은 와들와들 떨면서 TV 화면의 이리가수미를 바라보는데 눈물을 비 오듯이 흘리고 있었다. 그는 이것이 꿈인 것만 같았다.

"이 사람이 명림해우의 34대 후손인 명림대영입니다."

"오, 그러냐?"

이리가수미는 반색했다. 과거 수하였던 사람의 직계 후손을 보니 감회가 남달랐다.

"소인… 명림대영, 대막리지를 뵈옵니다."

명림대영은 금동 옆에 무릎을 꿇고 엎드려서 고개를 조아리며 몸을 떨었다.

이리가수미, 즉 연개소문이 대저 누구냐. 고구려의 대막리지로서 수나라에 이은 당나라의 침공까지도 당당하게 맞서 싸워 이겨낸 고구려의 대영웅이 아닌가.

역사에는 기록되지 않았으나 그는 여동생 연수영과 함께 대군을 이끌고 중국, 지금의 산동성을 공격하여 함락시켜 그곳을 고구려의 직할 영토, 즉 식민지로 삼았던 적도 있으며, 여러 차례 수나라 본토를 공격하여 그들의 간담을 서늘하게 한 적이 있다.

그러므로 모든 고구려인에게 연개소문은 광개토대제에 버금가는 대영웅이 아닐 수 없다.

오철기단 사람들은 연개소문이 살아 있다는 사실조차도 모르고 있었다.

그런데 명림대영이 뜻하지 않게 그를 보게 되었으니 어찌 감개무량하지 않겠는가.

절을 받고 난 후 이리가수미는 연달아에게 말했다.

"일본은 내게 맡겨라. 총리를 움직여서 독도를 점령한 자위대를 철수시켜 보도록 하겠다. 자위대가 스스로 물러나고 일본이 대한민국에 사과를 해야지만 이 사태가 무마될 수 있을 것이다."

"아버님, 누구 짓인지 아시겠습니까?"

연달아는 이리가수미가 일본 총리를 움직일 수는 있어도 일본 총리가 자위대를 움직이지는 못할 것이라고 생각했다. 그랬다면 자위대의 독도 무력 점령 같은 일은 애당초 일어나지도 않았을 것이다. 독도를 점령한 자위대는 독단으로 행동한 것이다.

TV 화면에 나타난 이리가수미의 얼굴에 씁쓸함이 떠올랐다.

"모르겠다. 방위성 장관은 확실한 내 사람이라고 확신했는데 이런 일이 벌어지다니……."

일본자위대를 총괄하는 방위성 장관이 이리가수미의 사람이라면 그는 이번 독도 사건과 관계가 없을 가능성이 크다.

"일본자위대 내에 우리 사람이 누가 더 있습니까?"

"제가 설명하겠습니다."

다물 일본팀장 이슬비가 나섰다.

"일본자위대는 육상, 해상, 항공 셋으로 나누어져 있습니다. 현재 다물에서는 육상자위대의 막료장(幕僚長)인 일급육장(一級陸將:대장)과 육장(陸將:중장), 육장보(陸將補:소장) 등 장군 급 세 명을 완벽하게 포섭했으며, 해상자위대는 막료장인 일급해장(一級海將)과 해장보(海將補)를, 항공자위대는 일급공장(一級空將)과 공장(空將)을 포섭해 놓은 상태입니다. 이들은 모두 다물의 부요원입니다."

막료장은 총사령관이다. 일본자위대의 육상과 해상, 항공의 총사령관 세 명이 모두 다물의 부요원이고, 그들을 보좌하는 장군 중 다수가 다물 휘하다. 더구나 방위성 장관까지 다물의 부요원이다.

그것은 다물이 일본자위대를 완벽하게 틀어쥐고 있다는 뜻이다. 그런데도 독도 사건이 벌어진 것이다.

"일본자위대는 우리 수중에 있다고 해도 지나친 말이 아닙니다. 그래서 대한민국이 중국 동북삼성을 공격할 때 일본자위대를 발동하여 측면 공격을 할 수 있을 것이라고 확신했던 것입니다. 그런데 이런 일이 벌어지다니 도저히 이해하기 어렵습니다."

"그들에게 직접 확인해 봤느냐?"

그들이란 다물이 포섭한 자위대의 장군 급들을 말함이다.

"당연히 제일 먼저 그들에게 확인했습니다. 그들은 독도 사건에 대해서 아무것도 모르고 있었던 것이 분명합니다. 그들 역시 크게 당황하고 있습니다. 현재 그들은 주모자를 색출하는 데 전력을 기울이고 있습니다. 조만간 전모가 드러날 것이라고 생각합니다."

다물뿐만이 아니라 일본 정부도 이번 독도 사건에 대해서 알아내려고 초비상 상황이다.

"그런데 독도에 나가 있는 자위대원들과 함정들이 통신이 두절된 상태입니다. 그들이 일방적으로 통신을 회피하고 있는 것 같습니다."

연달아는 잠시 입을 굳게 다물고 있다가 차분하게 가라앉은 목소리로 말했다.

"일본자위대 장군들이 아니라 그 아래 계급 중에서 누군가 벌인 일 같다."

"우리도 그렇게 추측하고 있습니다. 그런데 장관급(將官級)하고는 달리 그 아래 좌관(佐官)과 위관(尉官)들은 수가 매우 많습니다. 묵인자가 육상, 해상, 항공자위대 전체를 장악하려면 수백 명의 좌관과 위관들을 포섭해야 하는데 그건 불가능한 일입니다."

연달아는 고개를 가로저었다. 그는 이리가수미, 그리고 이슬비와 대화를 하는 동안 뭔가 깨달은 것이 있었다.

"아니다. 묵인자는 일본자위대 전체를 장악하지 않았을 것이다. 구태여 힘들여서 그럴 필요가 없기 때문이다."

이슬비는 이해하지 못했다.

"무슨 말씀이신지······."

연달아는 미간을 찌푸렸다.

"묵인자의 목적은 대한민국과 일본이 군사적인 충돌을 일으키는 것인 듯하다. 그러므로 그런 원인 제공을 하는 것만으로 소기의 목적을 달성한 것이지. 그의 더 큰 목적은 두 나라가 전쟁을 벌이는 것이겠지."

"그럴까요?"

이슬비는 설마 하는 표정을 지었다.

이리가수미가 고개를 끄덕이며 동조했다.

"달아의 말이 맞는 것 같다. 일본자위대는 우리가 이미 장악하고 있기 때문에 묵인자가 치고 들어올 틈이 없다. 그랬으면 벌써 우리 귀에 들어왔겠지."

그는 잠시 뭔가를 생각하다가 다시 말을 이었다.

"어쩌면 묵인자는 대한민국의 영토에 대해서 한 군데쯤 더 도발을 할 가능성이 있다. 그렇게 해놔야지만 대한민국과 일본의 무력 충돌이 불가피해질 테니까 말이다. 역시 자기가 포섭한 소수의 자위대 병력을 이용하겠지."

연달아도 거기까지 생각했었다. 그런데 이리가수미마저

그것을 생각했다면 거의 확실한 예측이다.

"그렇다면 일본자위대의 두 번째 도발은 어느 곳이 될 것 같습니까?"

연달아의 취약점은 현재의 지리적인 것에 대해서 잘 모른다는 것이다.

"성동격서(聲東擊西)가 아니겠느냐?"

이리가수미는 손자병법의 36계 중 하나를 들먹였다.

"동쪽에서 시끄럽게 굴고 서쪽을 공격한다… 는 것입니까?"

일본자위대가 이미 독도를 무력으로 점령해서 관심을 그쪽으로 온통 쏠리게 해놓고 두 번째에는 전혀 다른 곳을 공격할 것이라는 뜻이다.

"그렇다. 묵인자가 일본자위대를 이용하여 대한민국의 부속 섬을 급습한다고 하면, 내 생각에는 이어도가 될 가능성이 큰 것 같구나."

이슬비가 즉시 이어도에 대해서 설명하자 연달아는 고개를 끄덕였다.

"잠자는 호랑이의 수염을 뽑는다는 작전이군요."

"그렇다. 자위대가 대한민국 본토를 공격하는 것은 국제사회의 지탄을 면치 못할 테니까 분쟁 지역을 선택할 가능성이 크다. 독도는 대한민국과 일본이 영토 분쟁을 벌이고 있으며,

이어도는 대한민국과 중국이 영토 분쟁을 벌이고 있는데 거기에 자위대가 편승을 하겠다는 작전이겠지."

"그런데 일본이 옆구리를 치고 들어온다 그것입니까?"

"그렇다."

평소에 까불던 아랑은 연달아 옆에 다소곳이 앉아 있고, 그 뒤에 금동과 명림대영이 나란히 서서 심각한 표정을 지으며 대화를 듣고 있다.

"달아, 이곳에서는 내가 일본자위대 내의 묵인자 세력을 찾아내는 데 전력을 다할 테니까 너는 대한민국 해군이 이어도를 방어하도록 만들어라."

"그러나 아버님, 일본자위대의 두 번째 공격 목표가 이어도가 아니라면 어찌 되겠습니까?"

연달아의 물음에 이리가수미는 아무 말도 하지 못했다. 연달아의 말은 충분히 가능성이 있기 때문이다.

묵인자가 일본자위대를 이용하여 대한민국에 대한 두 번째 공격을 하지 않을 수도 있으며, 할 경우에 꼭 이어도가 될 것이라고 장담할 수는 없다.

"제게 좋은 방법이 있습니다."

잠시 후에 연달아가 조용한 목소리로 말하자 모두들 긴장된 표정으로 귀를 기울였다.

*　　*　　*

중국 상하이에 있는 묵인군단 본거지 내의 메인 컴퓨터가 암호화된 이메일을 일본 모처로 발송했다. 그 암호를 풀면 다음과 같은 내용이 된다.

2013년 2월 20일에 실행할 예정인 대한민국 남해 부속 섬에 대한 공격을 전면 중지하라.

그 명령은 묵인군단 본거지에서 전송됐으나 묵인자가 내린 명령은 아니다.
물론 연달아의 지시로 오철기단 오골금대의 컴퓨터 도사들이 묵인군단 메인 컴퓨터를 해킹해서 묵인자의 명령인 것처럼 거짓 명령을 전송한 것이다.
그리고 그 이메일에는 묵인군단에서는 알아볼 수 없는 매우 특수한 표식을 해두었다.
그렇기 때문에 이메일을 열어서 읽어보는 자가 누군지 일본에 있는 다물 일본팀장 이슬비가 일본 방위성 메인 컴퓨터를 통해서 찾아낼 수 있을 것이다.
거짓 명령을 내림으로써 일본자위대 내에 숨어 있는 묵인자의 부하가 대한민국 부속 섬에 대해서 두 번째로 공격하는 것을 제지하는 것과 동시에 그자들을 색출해 낼 수 있으니 이 것이야말로 도랑 치고 가재를 잡는 훌륭한 계책이 아닐 수 없다.

그것뿐만이 아니다. 연달아의 지시를 받은 오골금대의 컴퓨터 도사들은 묵인군단 본거지의 메인 컴퓨터를 역 해킹해서 예상하지 못했던 엄청난 수확을 거뒀다.

다름이 아니라 중국을 중심으로 전 세계에 뿌리를 내리고 있는 묵인군단 세력의 아지트 주소와 부하들, 그리고 포섭된 자들의 전체 명단을 입수한 것이다.

묵인군단의 본거지는 상하이에 있었다. 그리고 미국, 일본, 영국, 프랑스 등 OECD 29개 회원국 수도에 지국(支局)을 두고 있다.

미국 같은 경우에는 수도인 워싱턴DC뿐만 아니라 뉴욕과 로스엔젤리스, 시애틀, 시카고 등 여덟 개 도시에 지국을 두고 있었다.

또한 미국 전역에서 400여 명이라는 많은 부하들이 활동을 하고 있다.

그들이 수단 방법을 가리지 않고 포섭, 매수한 미국 내 정치, 경제, 언론, 과학, 군사 계통의 지도층 인물들은 모두 합쳐서 무려 600여 명에 달했다.

그런 식으로 묵인군단은 중국 상하이 본부를 비롯하여 전 세계 29개 지국을 운영하면서 1만 5천여 명의 부하와 그들이 포섭, 매수한 2만 5천여 명을 거느리고 있다.

마침내 연달아는 얻어야 할 것은 전부 얻었다. 그래서 명림대영의 부하 컴퓨터 도사들에게 흔적을 지우고 묵인군단 메인 컴퓨터에서 빠져나오라고 지시했다.

* * *

2013년 2월 11일. 서울 종로2가 모 커피숍.

한가한 이층 창가 자리에 고방아와 고선우가 나란히 앉아 있고, 맞은편에는 다물 정요원인 한상희와 그녀의 위장 신분으로서의 직속상관인 미국 CIA 서울지부장 라이언 셀던이 앉아 있는 모습이다.

그런데 라이언 셀던은 얼굴을 잔뜩 찌푸린 채 뭔가 못마땅한 듯한 표정을 짓고 있다.

고선우가 무언가 열심히 설명을 하고 있고 라이언 셀던은 인상을 쓰면서 듣고 있으며, 고선우의 설명은 이미 30분째 이어지고 있는 중이다.

라이언은 고선우의 설명을 듣는 내내 어이없다거나 기분 나쁜 듯 얼굴을 찌푸리고 있다.

또한 가끔 옆에 앉은 한상희를 쳐다보면서 '내가 이런 말도 안 되는 이야기를 계속 듣고 있어야 하느냐?'라는 식의 표정과 제스처를 해 보였다.

그럼 한상희는 진지한 표정으로 고개를 끄덕이며 잘 들으라는 손동작을 취했다.

하지만 라이언은 지금 고선우가 하고 있는 지루한 얘기를 단 1%도 믿지 않는다.

고선우가 말하는 '묵인자'라는 이름을 생전 처음 들어보는 것은 말할 것도 없다.

더구나 묵인자라는 자가 세계를 정복하려는 야욕을 품고 있으며, 미국을 비롯한 OECD 29개 회원국을 한순간에 장악하기 위해서 이미 29개 나라의 각 분야의 모든 지도자들을 완벽하게 포섭했다는 허무맹랑한 말을 도대체 어떻게 믿으라는 말인가.

어쨌든 이럭저럭 고선우의 긴 설명이 끝났다. 그리고 라이언은 잠자코 들은 덕분에 그가 설명한 내용을 거의 기억하고 있다.

이윽고 라이언은 어깨를 으쓱해 보이면서 자신의 인내심이 대견한 듯한 표정을 지었다.

"어설픈 추리소설이지만 잘 들었소. 그런데 그게 뭐 어쨌다는 말이오?"

그사이에 고선우는 노트북을 테이블에 올려놓고 조작하여

어떤 화면을 띄웠다.

그리고는 정중한 동작으로 노트북 화면을 라이언이 볼 수 있도록 돌려놓았다.

화면에 나타난 것은 어떤 동영상이다. 풍광이 매우 수려한 어느 바닷가 야트막한 언덕 위에 위치한 어마어마한 대저택의 광경이었다.

대저택 소유의 언덕 아래 포구에는 초호화 요트와 보트들이 여러 척 정박해 있으며, 대저택은 5층이며 고딕 양식으로 웅장하게 지어져 있었다.

대저택 앞 커다란 분수대를 돌아서 한 대의 검은 승용차가 현관 앞으로 향하는 모습이 보였다.

화면에 대저택 현관 앞 광경이 크게 확대되면서 승용차에서 내리는 사람의 모습을 줌업해서 잡았다.

"음?"

그런데 그 사람이 누군지 알아본 라이언은 뜻밖이라는 표정을 지었다.

그 사람은 바로 현 CIA국장인 맥퍼슨이었다. 라이언은 눈을 똑바로 뜨고 다시 한 번 확인했으나 승용차에서 내린 사람은 맥퍼슨이 틀림없었다.

자신이 소속된 부서의 최고 사령탑을 라이언이 알아보지 못할 리가 없다.

라이언이 화면을 보고 있는 동안 맥퍼슨은 누군가의 안내를 받아 대저택 현관 안으로 들어갔다.

그리고 잠시 후에 또 한 대의 승용차가 현관 앞에 도착했으며, 차에서 내리는 사람을 발견한 라이언의 표정이 또다시 변했다.

'부통령이?'

방금 차에서 내린 사람은 미국 험프리 부통령이었다.

그런데 그뿐만이 아니다. 그 이후로 대저택에 속속 도착한 사람들은 하나같이 미국을 좌지우지하는 권력자들이었다.

예를 들자면, 대법원장이라든가 국무장관, 국토안보부 장관, 상, 하원 각 위원회의 위원장들이 망라되었다.

라이언이 화면을 지켜보고 있는 동안 미국 최고 권력자 26명이 현관 앞에 도착하여 대저택 안으로 모습을 감추었다.

그런데도 그게 끝이 아니라 거물들이 줄지어 계속 도착하여 대저택으로 들어가고 있었다.

라이언은 머릿속이 복잡해졌다. 저런 거물 수십 명이 한자리에 모이는 것은 미국 건국 기념일이나 대통령 취임식 등 백악관에서 뿐이다.

그런데 오늘은 중요한 날도 아닐뿐더러 저 대저택은 백악관이 아니다.

그의 시선이 화면 오른쪽 상단의 날짜로 향했다. 2013년

2월 10일, 저녁 9시였다.

미국은 대한민국보다 날짜가 하루 늦고, 이곳이 낮이면 저쪽은 밤이니까 대저택에서 벌어지고 있는 상황은 지금 현재, 즉 실시간이라는 뜻이다.

고방아는 묵인군단 뉴욕지국에서 오늘 밤에 무슨 일이 있을 예정인지 미리 알고 있었다. 그녀는 화면을 보지도 않은 상태에서 라이언에게 말했다.

"의심스러우면 미국에 당신 친구들이 있을 테니까 한번 확인해 보지 그래요?"

그녀는 턱으로 노트북을 가리켰다.

"그 저택은 뉴욕 롱아일랜드 퀸스 매트릭가 47번지 셔먼 저택이에요."

"셔먼 저택!"

라이언은 움찔 놀라는 표정을 지었다. '셔먼가'는 롱아일랜드에서 부호들만 산다는 퀸스에서도 첫손가락 꼽히는 명문이자 대부호다.

또한 '셔먼가'에서 운영하는 '셔먼그룹'은 미국 내에서 최대 기업이며 GM이나 록히드보다 몇 배나 더 큰 덩치를 자랑하고 있다.

뿐만 아니라 재계, 정계를 한 손에 쥐고 흔들 정도로 미국 내에서의 영향력이 막강하다.

"잠깐 실례하겠소."

노트북 화면을 보기 전까지만 해도 이 자리에 있는 것을 지겨워하던 라이언은 초조한 표정으로 급히 일어나서 커피숍 실내의 한쪽 구석으로 가더니 휴대폰을 꺼내 어디론가 전화를 걸었다.

고방아와 고선우, 한상희는 그가 미국에 있는 동료나 친구에게 전화를 걸어서 방금 전에 자신이 노트북 화면으로 본 광경을 확인하려는 것이라고 짐작했다.

라이언만이 아니라 어느 누구라도 지금 같은 상황에서는 제일 먼저 그렇게 할 것이다.

고방아는 라이언이 진짜 믿을 수 있는 친구하고 통화하기를 빌었다.

자칫 실수해서 묵인군단이 매수한 인물의 부하에게 전화를 걸어서 사실을 확인하려다가는 일을 망칠 수가 있기 때문이다.

고선우는 묵묵히 노트북을 끌어당겨서 셔먼 대저택의 화면을 지우고 다른 내용을 띄워놓았다. 라이언이 오면 그에게 보여주기 위한 것이다.

라이언은 휴대폰을 끊고는 그 자리에 서서 기다리고 있다가 답답한지 담배를 하나 꺼내 입에 물었다.

방금 통화를 한 동료가 뭔가를 확인을 해보고 다시 전화해

주기로 했기 때문이다.

그로부터 5분쯤 후에 라이언의 휴대폰이 울렸다. 통화를 하는 그의 얼굴표정이 여러 차례 복잡하게 변하더니 마지막에는 돌덩이처럼 굳은 표정이 되어 한상희 옆자리로 돌아와서 앉았다.

그는 방금 미국에 있는 동료에게 전화를 걸어서 자신이 조금 전에 노트북 화면으로 봤던 몇몇 인물들이 지금 어디에 있는지 알아봐 달라고 부탁했었다.

그런데 잠시 후에 전화를 해온 동료는 라이언이 말한 인물들이 현재 어디에 있는지 한 명도 소재 파악이 되지 않고 있다고 말했다.

그 말인즉 그들이 지금 현재 롱아일랜드 셔먼 저택에 모여 있다는 사실을 입증하고 있는 것이다.

고선우는 노트북을 다시 라이언 앞으로 밀었다. 화면에는 아까하고는 다른 영상이 나타나 있었다.

'핸더슨 셔먼!'

화면에 나타난 사람은 셔먼그룹의 회장인 핸더슨 셔먼이었다. 라이언은 그를 한눈에 알아보았다. 걸핏하면 타임지 표지에 단골로 얼굴을 드러내는 사람을 라이언이 알아보지 못할 리가 없다.

핸더슨 셔먼은 75세의 적지 않은 나이에도 단정하게 머리를 빗어 넘긴 단정하고 의욕적인 외모였다.

그런데 그때부터 핸더슨 셔먼이 어떤 은밀한 장소에서 누군가를 만나는 장면이 화면에 나타나기 시작했다.

그가 만나는 상대는 모두 동양인이었다. 셔먼이 한 명의 동양인과 여러 장소에서 만나는 장면이 서너 번 나오고 다음 동양인으로 넘어갔다.

셔먼은 다음 동양인하고도 여러 장소에서 여러 차례에 걸쳐서 만나 은밀하게 대화를 나누었다.

라이언은 긴장한 표정으로 눈도 깜빡이지 않고 뚫어지게 화면을 주시했다. 어째서 셔먼이 저렇게 많은 동양인들을 만나는 것인지 궁금했다.

고방아와 고선우는 라이언에게 묵인자의 음모를 이해시켜 줄 만반의 준비를 갖추고 있다.

다물이 미국 내에 다져놓은 기반, 즉 조직을 이용해서 묵인군단에게 포섭된 자들을 제거하려고 하지 않는 데에는 그만한 이유가 있다.

묵인군단이 다물 내본부의 메인 컴퓨터를 해킹했으므로 다물이 미국 내에 닦아놓은 기반에 대해서 훤하게 알고 있을 것이다.

그러므로 지금은 어떻게 하든 최대한 그 기반을 감추어야지 드러낼 상황이 아니다.

그 기반을 이용할 경우에 다물의 미국 내 사람들이 더욱 적나라하게 노출되어 묵인자에게 피해를 입을 우려가 있기 때문이다. 지금은 매사에 극도로 조심해야만 할 시기다.

10여 분 후에 라이언이 화면에서 눈을 떼자 고선우가 조용한 목소리로 설명했다.

"셔먼이 지난 한 달 동안 만났던 인물들은 모두 묵인군단에 소속된 자들입니다."

"묵인군단?"

라이언은 아까 고선우가 30여 분 넘게 설명했던, 자신이 '어설픈 추리소설'이라고 일축해 버린 그 이야기의 주인공이 묵인자라고 기억하고 있다.

그런데 이제 보니 셔먼이 이런 식으로 묵인자의 음모하고 연결이 되고 있었다.

"지금부터 묵인군단이 포섭한 미국 내 중요 인물들의 스위스 은행 비밀 계좌를 보여 드리겠습니다."

"비밀 계좌?"

"그들은 묵인군단으로부터 매월 적게는 100만 달러에서 많게는 2천만 달러까지 정기적으로 꼬박꼬박 비밀 계좌를 통해서 지급받고 있습니다."

라이언은 어이없는 표정을 지었다.

"묵… 인군단으로부터 말이오?"

"그렇습니다."

탁!

고선우가 엔터를 치고 노트북을 라이언 쪽으로 돌려주자 화면에 주르르 어떤 복잡한 도표가 나타났다.

"이것은?"

라이언의 눈이 휘둥그렇게 커졌다. 화면에는 그가 알고 있는 미국 내 웬만한 거물들의 이름이 나열되었고, 이번 달 5일 날짜로 그들 각각에게 돈이 입금됐다는 기록이 세세하게 나와 있었다.

라이언이 엔터를 치자 다음 화면이 나타났고, 방금 봤던 것과 별반 다르지 않았다.

한 화면에 20명 정도씩 그는 벌써 여러 차례 엔터를 치다가 고개를 들고 고선우에게 물었다.

"도대체 몇 명이나 되는 거요?"

"정확하게 617명입니다."

라이언의 얼굴이 참담하게 일그러졌다.

"오… 마이 갓!"

제75장

대마도 점령

RUNNER
런너

 을지은한과 정옥군, 연연화가 청와대에 잠입하여 현 대통령 신대철의 정신을 제압해서 독도를 무력으로 점령한 일본 자위대에 대한 공격을 철회하도록 만들었다.
 그러나 대한민국 국내의 여론이 벌집을 건드린 것처럼 들끓었다.
 온 나라가 당장 일본과 전쟁을 벌이자고 데모를 벌였으며, 시위 인파가 서울의 일본 대사관과 부산의 일본 영사관으로 몰려들어 급기야 불을 지르고 담을 넘어 안으로 쏟아져 들어갔다. 격분한 민중을 경찰도 막을 재간이 없었다.

목숨의 위협을 느낀 일본 대사관과 영사관 직원들은 모처 은밀한 곳에 급히 피신했다가 비밀리에 일본으로 출국하기에 이르렀다.

그러나 정부는 이상하리만치 조용했으며, 아무런 대책도 내놓지 않고 있었다.

* * *

독도를 점령하고 있는 일본자위대 최고 지휘관 마에다 이등육좌 앞으로 비밀 전문이 도착했다.

오늘 밤 자정을 기해서 울릉도를 급습 점령하라.

묵인자, 아니, 마에다의 친아버지인 당태종 이세민이 보낸 비밀 전문이었다.

마에다 이등육좌는 왜 울릉도를 점령하라는 것인지 눈곱만큼도 이상하게 생각하지 않았다. 묵인자의 명령은 오직 받들어 이행해야 하는 것이지 의문을 품는 것은 용납되지 않기 때문이다.

독도를 점령하고 있는 자위대 중에는 이지스함 콩고의 함장 계급이 일등해좌(대령)로 마에다보다 상관이지만, 이곳에서만큼은 마에다가 최고 지휘관이다.

마에다, 아니, 이세민의 아홉 번째 아들 이치는 즉시 지휘관들을 소집하여 오늘 자정에 개시할 울릉도 점령을 위한 작전회의에 들어갔다.

그보다 반나절은 더 이른 시각에 대한민국 국방부와 합동참모본부는 정신없이 분주했다.

독도를 점령하고 있는 일본자위대 병력이 울릉도를 급습할 것에 대비하여 작전을 세우고 또 실행하고 있는 중이기 때문이다.

물론 묵인자가 독도에 있는 아홉 번째 아들 이치에게 보낸 비밀 전문은 가짜다. 그는 그런 전문을 보내지 않았다.

사실은 연달아의 지시를 받은 오철기단 오골금대의 컴퓨터 도사들이 상하이의 묵인군단 본거지에서 보내는 방식 그대로 모방해서 보냈기 때문에 이치는 죽었다 깨어나도 그것이 가짜인지 알 방법이 없다.

연달아는 거짓 명령을 내려서 이치로 하여금 울릉도를 공격하게 했다.

그리고 그전에 이치의 공격에 대한민국은 만반의 준비를 이미 끝내놓은 상황이다.

이치가 독도에 있는 전 병력을 이끌고 울릉도로 향하는 순간 그들은 낙동강 오리알 신세가 돼버릴 것이다.

그들이 독도를 떠나고 나면 대기하고 있던 대한민국 해병대 병력이 독도에 상륙하고 해군의 이지스함 세종대왕함을 비롯하여 최영함, 광개토함 등 구축함들이 독도를 순식간에 깨끗이 탈환할 것이다.

일본자위대는 독도를 떠난 후에 대한민국 해병대와 해군의 움직임을 이지스함 콩고의 레이더가 잡아내겠지만, 그때쯤이면 이미 때는 늦었다.

묵인자로부터 울릉도를 공격하라는 명령이 떨어졌기 때문에 독도로 되돌아갈 수가 없다.

설혹 되돌아간다고 해도 독도에는 이미 자위대 병력보다 몇 곱절 더 많은 대한민국 해병대와 해군이 진을 치고 있을 것이기 때문에 전투 자체가 일어나지 못한다. 싸움을 하면 무조건 필패할 것이기 때문이다.

그렇다고 해서 자위대는 울릉도로도 항해하지 못한다. 독도와 울릉도 사이에서 미리 대기하고 있던 대한민국 공군과 해군에게 차단될 것이기 때문이다.

자위대가 먼저 싸움을 건다면 결과는 처참하게 괴멸당할 뿐이다.

대한민국 영해 안에서 누구의 도움도 받지 못하는 상황에서 그들은 버틸 재간이 없을 것이다.

연달아가 이런 일을 꾸민 데에는 그럴 만한 이유가 있다. 자위대를 독도에서 끌어내서 대한민국 영해 안에 고립시키는 한 가지를 얻어내고, 두 번째는 그보다 훨씬 더 큰 이득을 얻어내려는 것이다.

독도를 무력으로 점령했던 일본자위대 병력이 이번에는 울릉도를 공격하려다가 대한민국 공군과 해군에 포위되어 오도 가도 못하는 사면초가 신세가 됐다는 뉴스가 대한민국과 일본 전역을 떠들썩하게 만들었다.

누가 보더라도 이것은 엄연히 일본이 대한민국에 대해서 선전포고도 없이 침공을 한 것이다.

설혹 대한민국과 일본이 독도를 놓고 영토 분쟁을 하고 있었다고 해도 대한민국이 경찰을 파견하여 실효 지배하고 있는 독도를 일본이 자위대를 파견하여 무력으로 강탈할 수는 없는 일이다.

더구나 일본자위대는 독도 동도에 주둔하고 있던 경찰 36명과 서도의 주민들까지도 무차별 살해했다.

발단과 과정이 어찌 됐든 일본자위대가 대한민국의 독도를 무력으로 점령하고 또 울릉도까지 공격하려고 했던 것은 움직일 수 없는 사실이다.

자위대는 일본의 군대다. 그러므로 그것은 일본이 대한민국을 침공한 것이다.

 전 세계의 국가들은 일본이 일으킨 제2차 세계대전의 악몽이 아시아 모든 국가의 피해자들의 머리에서 채 사라지기도 전에 또다시 일본이 침략 근성을 드러냈다면서 기필코 응징해야 한다고 목소리를 높였다.

 일본은 제2차 세계대전으로 인한 막대한 피해를 끼친 국가들에게 아직까지도 공식적인 사죄를 내놓지 않고 있다. 사전에도 나와 있지 않은 '통석의 념'이라는 애매한 단어를 써가면서 유야무야 덮으려고만 했다.

 하지만 이번 침공으로 인하여 일본 정부는 입이 백 개라도 할 말이 없다는 입장이다.

 전 세계의 소나기 같은 손가락질을 찍소리도 하지 못한 채 고스란히 받고 있는 상황이다.

 그러면서 일본 정부는 대한민국 영해 내에 침입해 있는 불순한 자위대를 자신들의 자위대를 파견하여 제압하거나 섬멸하겠다고 요청하고 있으나 대한민국 정부는 단호하게 거절하고 있다.

 불순 자위대를 구워 먹든 삶아 먹든 대한민국 마음대로 하겠다는 뜻이다.

 물론 그것은 다물, 아니, 연달아의 뜻이다. 우유부단한 현 대통령 신대철이 그런 배포가 있을 리 없다.

그가 하는 대로 내버려 뒀으면 이 상황이 엉망진창이 돼버렸을 것이다.

* * *

18세기 중반에 제작된 조선의 해동지도(海東地圖)에서 이르기를, '우리 영토는 백두산이 머리가 되고, 태백산맥은 척추가 되며, 영남의 대마(對馬)와 호남의 탐라(耽羅)를 양발로 삼는다' 고 기록되어 있다.

여기에서 '대마' 란 대마도를, '탐라' 는 제주도를 가리킨다. 즉, 대마도는 오랜 옛날부터 우리 영토였다는 말이다.

심지어 임진왜란을 일으킨 왜의 도요토미 히데요시의 부하가 만든 그 당시 조선의 지도인 팔도총도(八道總圖)에서조차도 '대마도는 조선의 영토다' 라고 표기했다.

이 밖에도 대마도가 우리 영토였다는 기록은 이루 헤아릴 수 없을 정도로 많다.

명나라 사신 동월(董越)이 황제의 명을 받아서 조선 땅을 둘러보고 난 뒤에 작성한 견문록인 '조선부(朝鮮賦)' 의 4, 5페이지에 나와 있는 '조선팔도총도(朝鮮八道總圖)에도 울릉도와 독도(당시 우산도 于山島)뿐만 아니라 대마도가 조선의 영토로 자세히 표기돼 있다.

실상 독도가 우리 영토라는 자료보다는 대마도가 우리 영토라는 자료가 훨씬 더 많이 존재하고 있는 실정이다.

다만 대마도는 전체가 산악지대이고 농토는 겨우 4%에 불과하며, 그나마도 땅이 척박하고 바다 한가운데 있어서 내왕이 불편한 관계로 우리 백성들이 들어가 살기를 꺼렸을 뿐이다.

그런데 자기들 나라에서 죄를 짓고 쫓겨나 오갈 데 없는 왜인(일본인)들이 점차 몰려 들어와 어느덧 그들의 소굴이 돼버렸다.

일본은 자기네 사람들이 살고 있는 대마도를 19세기 들어서 메이지정부가 일본 영토로 은근슬쩍 편입시켰다.

대한민국 초대 대통령 이승만은 '대마도는 대한민국의 영토'라고 주장하며 일본에 정식으로 반환을 요구했었다.

이에 당황한 일본의 요시다 내각은 당시 연합군 최고사령관인 맥아더 원수에게 손을 내밀어 해결해 달라고 청원했으며, 이에 맥아더는 대마도가 또 다른 분쟁의 불씨가 될 것을 우려하여 이승만에게 '대마도 반환 요구'를 더 이상 하지 말 것을 간곡하게 요구했었다.

그 당시 이승만의 요구에 대마도에 살고 있던 일본인들은 입을 모아서 '대한민국이 자기네 영토를 되찾으려고 한다'면서 몹시 불안에 떨었다고 한다.

*   *   *

쿠우우……

2월 12일, 새벽 1시 15분.

제주도 남쪽을 돌아서 대한해협을 북동쪽으로 거슬러 오르고 있던 한 척의 거대한 선박이 갑자기 기수를 동남쪽으로 틀었다.

칠흑 같은 어둠 속에서 육중하게, 그러나 빠른 속도로 유유히 미끄러져 항해하고 있는 선박은 대한민국 해군의 아시아 최대 LPH(상륙강습함)인 독도함이다.

그로부터 한 시간 40분 후, 새벽 2시 55분. 항해하고 있는 독도함 전방에 하나의 거대한 섬이 길게 옆으로 누워 있는 어두운 광경이 나타났다.

대마도다. 하지만 독도함은 속도를 늦추지 않고 대마도의 허리 지점인 아소만을 향해 곧장 밀고 나갔다.

30분 전부터 독도함은 이미 일본 영해 안으로 많이 들어와 있는 상황이다.

대마도에 주둔하고 있는 일본 해양순시선이나 레이더에 발각된다면 한바탕 소동이 벌어질 일이다. 하지만 독도함은 조금도 개의치 않고 전진을 계속했다.

오래지 않아서 독도함은 아소만으로 들어섰고, 방향을 북동으로 틀어 만제키세토를 향해 전진했다.

독도함의 목적지는 대마도 남단에 일본 본토 규슈 쪽을 향해 위치한 이즈하라다. 이즈하라는 대마도 제일도시로서 이곳에 대마도의 전체 인구 4만여 명의 절반이 거주하고 있다.

칠흑 같은 한밤중에 독도함은 만제키세토로 들어서 곧 만제키대교 아래를 통과하여 이즈하라 항으로 향했다. 하지만 하나의 섬처럼 미끄러져 들어오는 독도함을 발견한 사람은 아무도 없었다.

대한민국 함선이 대마도 한복판으로 들어오리라고 아무도 예상하지 못하고 있을 것이다.

대마도는 일본의 육상, 해상, 항공자위대가 주둔하고 있는 일본 최서단 군사 요충지다.

하지만 그들이나 일본 해양순시선에 설치된 레이더조차도 독도함을 일체 탐지하지 못했다.

독도함에는 레이더를 피할 수 있는 스텔스 기능이 장착되어 있기 때문이다.

35분 후 만재 톤수가 무려 18,800톤에 달하는 독도함은 이즈하라 항을 500미터 남겨둔 해상에서 조용히 정지했다.

새벽 3시 30분. 드디어 대마도 함락 작전이 개시됐다.

웅웅웅!

그때 독도함 후미의 항구 격인 도크가 나직하며 육중한 소리를 내며 열렸다.

이어서 비클 스페이스(독도함 선내 주차장)에서 대기하고 있던 상륙돌격장갑차들이 바다로 곤두박질치듯이 쏟아져 나가기 시작했다.

부릉부릉부릉!

독도함은 상륙돌격장갑차를 최대 일곱 대까지 탑재할 수 있으나 오늘은 수용 능력을 초과하여 열 대나 싣고 왔다. 그것을 지금 모조리 토해내고 있다.

열 대의 상륙돌격장갑차는 대한민국 제1해병사단 예하 제1상륙장갑차대대다.

수륙 양용인 상륙돌격장갑차 열 대가 도크를 빠져나가 500여 미터 거리의 항구를 향해 전속력으로 돌진하고 있다.

부우웅!

그 뒤를 이어서 독도함 도크에서 LSF-2 고속상륙정 세 대가 묵직하게 미끄러져 바다로 내려와 물보라를 일으키며 항구로 쏜살같이 달려갔다.

각 고속상륙정에는 세계 최강을 자랑하는 국산 탱크 흑표 K-2 한 대와 두 대의 군용 트럭이 실려 있으며, 트럭에는 완전무장한 제1해병사단 예하 제3해병연대, 일명 킹콩 해병대가 탑승하고 있다.

쿠투투투—

그와 동시에 독도함 갑판에서 공격 헬기 AH—1S 다섯 대와 수송 헬기 CH—47 시나이트 다섯 대가 떠올랐다. 수송 헬기에는 각 25명씩의 해병대원이 탑승하고 있다.

공격 헬기와 수송 헬기는 허공으로 떠올랐다가 동북 방향 어둠 속으로 날아갔다.

그들의 목적은 대마도에 주둔하고 있는 일본육상자위대와 항공자위대를 제압하는 것이다.

이곳 이즈하라 항구에는 해상자위대가 있으며, 토요타마에 육상자위대가, 그리고 카미아가타에 항공자위대가 주둔하고 있다.

잠시 후에는 대마도 주둔 일본자위대가 독도함에서 이륙한 헬기의 움직임을 레이더로 포착하게 될 것이다. 헬기에는 스텔스 기능이 없기 때문이다.

그러나 그때는 자위대가 반격하기에 이미 늦다. 공격 헬기와 수송 헬기에 탑승한 해병대원들의 작전이 한창 진행 중일 것이기 때문이다. 대한민국 군대는 그리 호락호락하지 않다.

대한민국이 만반의 준비도 하지 않고 대마도를 급습하여 점령하려고 했겠는가.

쿠우우!

독도함이 다시 움직이기 시작하여 항구를 향해 돌진했다.

그때 항구에 정박해 있던 해상자위대 3천 톤급 호위함 두 척과 해양순시선 한 척, 그리고 항구 오른쪽에 위치해 있는 해상자위대 대마도 방면 군 본부에서 앞 다투어 불이 켜지기 시작했다.

독도함으로 인해서 이즈하라 항에서 일어나고 있는 작은 소요를 이제야 눈치를 챈 것이다.

그때 독도함의 앞쪽과 뒤쪽에 장착된 근접 방어 화기 골키퍼CIWS 두 정이 일본 해상자위대 호위함과 해양순시선을 향해 불을 뿜었다.

쿠콰콰콰콰—

고요한 적막을 산산이 부수며 캄캄한 밤하늘을 가르면서 시뻘건 불꽃이 소나기처럼 쏟아져 오자 일본 해상자위대의 호위함과 해양순시선에서 불을 켜고 밖으로 나오려고 하던 자위대원들과 해양경찰들이 급히 엄폐물 뒤로 숨느라 난리가 벌어졌다.

초당 70발, 분당 4,200발의 총탄을 쏟아붓는 골키퍼CIWS 두 정이 순식간에 두 척의 호위함과 해양순시선을 벌집으로 만들어 버렸다.

골키퍼CIWS는 2분 조금 넘는 시간 동안 1만 발의 총탄을 소나기처럼 퍼붓고는 잠시 사격을 멈추었다.

그사이에 고속상륙정을 타고 항구에 상륙한 해병대원들이 세 척의 함선으로 쏟아져 들어가서 잠깐 사이에 함선들을 모두 제압해 버렸다.

그보다 조금 빠른 시각, 세 대의 전차 흑표와 상륙돌격장갑차 열 대가 해상자위대 대마도 방면 군 본부의 정문을 짓밟아 부수며 안으로 밀고 들어갔다.

세 대의 흑표는 멈춰서 전차포로 본부 건물을 조준하고 있으며, 상륙돌격장갑차에서 쏟아져 나온 해병대원들이 건물 안으로 파도처럼 밀려들어갔다.

또한 독도함에서 8백여 명의 해병대원이 몰려나와 이즈하라 전체 장악에 돌입했으며, 그에 필요한 차량들이 속속 항구로 굴러 나왔다.

독도함은 이즈하라 항에 진입한 지 불과 15분 만에 항구 일대의 모든 군사 시설을 점령하는 데 성공했다.

슈아아아—

대한민국의 뛰어난 과학 기술로 자체 생산한 두 번째 이지스함인 율곡이이함에서 현무—3 함대지크루즈 미사일이 연속 네 발 발사되었다.

대마도 서남쪽 20㎞ 해상에서 대마도를 향해 달려가고 있는 율곡이이함에서 발사된 네 발의 현무—3 함대지크루즈 미사일은 밤하늘을 가르며 두 방향으로 분리되어 각각 북동쪽과 남동쪽을 향해 무서운 기세로 쏘아갔다.

이지스함인 율곡이이함 후미 좌우에는 KD—2 한국형 구축함인 대조영함과 강감찬함이 따르고 있다.

율곡이이함은 대마도 니히항을 본거지로 삼고 있는 일본 해상자위대 잠수함 네 척이 이미 발진하여 독도함과 율곡이이함 방향으로 오고 있는 것을 레이더로 감지하여 그 정보를 대조영함과 강감찬함으로 전송했다.

투우!

30초 후 대조영함과 강감찬함에서 각각 두 발씩의 대잠미사일 홍상어가 발사되었다.

율곡이이함을 지휘함으로 하는 기동전단에는 대조영함과 강감찬함만 따르고 있는 것이 아니다.

율곡이이함보다 앞서 물속으로 214급 SS072 손원일함과 SS073 정지함 두 척의 잠수함이 전진하고 있다.

1,800톤급으로 소형이지만 림팩훈련 등을 통해서 이미 여러 차례 세계 최고 수준을 입증한 바 있는 한국형 최신예 잠수함이다.

웅웅웅!

그때 세 척의 대한민국 구축함 위쪽 칠흑처럼 캄캄한 상공을 가르며 거대한 동체의 항공기 편대가 대마도 방향으로 날아가고 있었다.

막강한 공수부대원들을 태운 대한민국 공군의 중형 수송기 C-130 여섯 대였다.

잠시 후에 수송기들은 세 대씩 토요타마의 육상자위대와 카미아가타의 항공자위대 두 방향으로 갈라져서 어둠 속으로 사라져 갔다.

20여 분 전에 독도함에서 이륙한 공격 헬기와 해병대원을 실은 수송 헬기가 대마도의 일본 육상자위대와 항공자위대를 급습하면, 공수부대원들이 공중에서 강습하여 그들을 지원하고 또 자위대를 제압하여 대마도 전 지역을 점령하게 될 것이다.

투투투투!

독도함에서 발진한 공격 헬기 AH-1S 세 대와 수송 헬기 CH-47 시나이트 세 대가 대마도 토요타마의 일본 육상자위대 본부를 3㎞ 앞두고 전속력으로 비행하고 있다.

바로 그때 헬기 조종사들은 전방 밤하늘에서 시뻘건 불꽃을 뿜으며 지상으로 내리꽂히고 있는 순백색의 미사일 두 기를 발견했다.

조금 전에 율곡이이함에서 발사된 현무-3 함대지크루즈

미사일이 47km를 날아와서 일본 육상자위대 본부를 강타하기 직전이다.

번쩍!

잠시 후, 지상에서 눈부신 섬광이 폭사되며 대폭발을 일으켰다. 두 기의 현무 미사일은 일본 육상자위대 탱크 격납고와 장갑차 등 기갑 격납고를 정확하게 명중시켜서 순식간에 불바다로 만들었다.

현무 미사일 한 발은 축구장 정도 크기를 초토화시키는 무시무시한 위력을 지녔으므로 기갑 격납고의 모든 무기들은 안에서 모두 녹아버렸을 것이다.

그때 수송 헬기 세 대가 일본 육상자위대 연병장에 착륙하기 시작했다.

수송 헬기의 바퀴가 땅에 닿기도 전에 해병대원들이 날렵하게 지상으로 뛰어내려 산개하면서 본부 건물로 달려갔다.

그리고 세 대의 공격 헬기는 허공에서 정지 비행을 하면서 해병대원들을 엄호하기 위해 대기했다.

만약 일본 육상자위대가 해병대원들을 공격한다면 공격 헬기의 히드라70 미사일과 BGM-71 토우 미사일, 그리고 M-197기관포가 미친 듯이 불을 뿜게 될 것이다. 그러나 육상자위대의 공격은 없었다.

해병대원들은 아무런 저항도 받지 않고 육상자위대 본부 건물로 달려들어 가 폭발 소리와 헬기 소리에 놀라서 허둥대고 있는 자위대원들을 제압하고 불과 5분 만에 3층 전체를 장악했다.

웅웅웅!

그때 까마득한 밤하늘에 나타난 C-130 수송기에서 공수부대원들을 쏟아내기 시작했다.

한 대에 70명씩, 도합 210명의 공수부대원들을 3분여에 걸쳐서 모두 낙하시켰다.

같은 시간에 카미아가타의 일본 항공자위대도 이곳과 똑같은 신세가 되고 있었다.

율곡이이함에서 발사된 두 기의 현무-3 미사일이 항공자위대의 전투기격납고를 정확하게 파괴하여 항공자위대의 주력인 F-15 14대와 정찰기, 헬기 등을 고철 덩어리로 만들어 버렸다.

그로부터 3분 후. 대한민국 대구 공군기지에서 발진한 공군의 KF-16 10대와 F-15K 10대, FA-50 여덟 대가 카미아가타 항공자위대 활주로에 착륙했다.

이들 전투전폭기 28대는 이후 이곳에 주둔하면서 대한민국 영토를 수호하는 초계 및 일본 항공자위대와 주변국의 도발에 대비하여 대공억지력 임무를 수행하게 될 것이다.

새벽 4시 50분. 대한민국 해군, 해병대, 공수부대, 공군의 '대마도 기습 점령 합동 작전', 작전명 '땅따먹기'는 성공리에 막을 내렸다.

그리고 10분 후 대한민국 정부는 대통령이 전격적으로 성명을 발표했다.

일본자위대의 독도 무력 점령과 울릉도 무력 도발의 대응으로 대한민국은 전격적으로 대마도를 공격하여 점령했다는 내용이다.

또한 대한민국 정부는 2013년 2월 12일 오전 5시를 기해서 일본이 무단점유하고 있던 대마도를 탈환하여 대한민국의 영토로 재편입시킨다고 아울러 발표했다.

* * *

대한민국 서울 다물 내본부 지하 3층 회의실.

연달아와 고방아를 비롯하여 다물수호대 일곱 명과 보장태왕, 한상희가 회의용 테이블을 놔두고 커다란 소파에 널찍하게 둘러앉아서 대화를 나누고 있다.

대부분 긴장한 표정이 역력하다. 오늘 새벽에 대한민국 군대가 대마도를 급습하여 전격 점령한 일 때문에 흥분도 되고 그것 때문에 앞으로 어떤 일이 벌어질 것인지 걱정도 되기 때문이다.

그러나 연달아와 고방아, 보장태왕은 태연한 모습이다. 아니, 고방아는 얼굴 가득 아주 기분 좋은 미소를 머금은 채 다리를 꼬고 앉아서 콧노래라도 부르고 싶은 듯 기분 좋은 표정이었다.

그녀는 대한민국이 대마도를 급습하여 점령한 일이 일본 자위대의 독도 무력 점령에 대해서 제대로 한 방 먹여준 통쾌한 복수라면서 좋아 죽으려고 한다. 아예 이참에 일본 본토까지 밀어붙이자면서 한술 더 떴다.

그녀는 다물 내에서도 둘째가라면 서러워할 정도로 강경파로 꼽힌다.

연달아가 대마도 점령 계획을 얘기하자 그녀는 너무 기뻐서 그의 목을 끌어안고 마구 입맞춤을 퍼부었었다.

"아하하하! 일본 정부 반응, 너무 재미있지 않아?"

무슨 생각을 했는지 고방아는 웃음을 참지 못하고 어깨를 들먹이며 낭랑하게 웃었다.

그녀는 팔짱을 끼고 마치 자기가 대국민 성명을 발표하는 것처럼 엄숙한 표정을 지었다.

"일본자위대가 먼저 대한민국 영토를 공격하여 점령했으며 또다시 두 번째로 울릉도를 도발하려다가 실패하는 잘못을 범했으므로 대한민국의 대마도 기습 점령에 대해서 일본 정부는 달리 할 말이 없습니다. 다만 일본과 대한민국은 지금까지 우호와 선린 관계를 이어왔던 바, 대한민국 정부가 금번 대마도 점령 사태에 대해서 아무쪼록 현명한 후속 조치를 취하기를 간곡히 바랍니다."

그 말은 오늘 정오경에 일본의 총리가 발표한 성명의 일부 내용이다.

말하자면 일본 정부는 저자세가 되어 대한민국 정부의 처분만 바란다는 뜻이다.

물론 일본 총리에게는 사전에 이리가수미의 입김이 강하게 작용을 했다.

일본 총리가 발표한 성명은 이리가수미의 요청을 대부분 수용한 내용이다.

일본 총리는 이리가수미의 사람이라고 할 수 있을 정도로 매우 협조적인 인물이다.

아니, 그가 총리가 된 것도 배후에서 이리가수미가 지원을 했기 때문에 가능했다.

그렇다고는 해도 일본 총리는 근본적으로 일본인이다. 이리가수미에게 협조적이지만 일본의 국익을 크게 저해하는 일이라면 난색을 표할 것이 분명하다.

이번 일은 일본이 먼저 돌이킬 수 없는 큰 잘못을 저질렀으며, 그것에 대해서 대한민국이 응징하는 수순을 밟은 것이므로 일본 총리로서도 대응책이 마땅치 않아서 입맛이 쓸 수밖에 없다.

대한민국의 대마도 점령에 대한 반응으로 일본 열도 전체가 들끓고 있다.

일본 국민들은 크게 두 패로 갈라져서 목소리를 높이고 있는 중이다.

한 패는 일본이 대한민국에 저지른 잘못에 비해서 대한민국이 대마도를 급습하여 점령한 것은 너무 지나친 보복이기 때문에 지금 당장 대마도를 돌려받아야 하며, 그것이 이루어지지 않을 시에는 전쟁이라도 일으켜야 한다는 입장이다. 그것은 우익 강경파를 중심으로 확산되고 있다.

또 다른 한 패는, 잘못은 일본이 먼저 저질렀으며, 만약 대한민국이 제때에 대처하지 못했더라면 일본의 불순한 자위대 무리가 무차별 공격을 가하여 주민들을 학살하고 울릉도까지 점령했을 것이라는 논리를 펴고 있다.

또한 불순한 자위대 무리를 그대로 방치했다면 제3, 제4의 만행을 계속 저질렀을지도 모른다고 주장했다.

그러므로 대한민국 군대가 대마도를 공격하여 점령한 것은 일본 입장에서는 가슴 아픈 일이지만 대한민국 입장에서는 자위권 차원에서 정당한 일이라고 말이다.

그것은 일본의 양심의 소리고 또한 전쟁을 싫어하는 국민들의 목소리다.

두 패라고는 하지만 아무래도 전쟁을 일으키자는 강경파 쪽의 목소리가 더 컸다.

고방아는 다리를 흔들면서 턱을 치켜들었다.

"흥! 이 기회에 아예 대마도를 먹어버리자구. 일본은 찍소리도 못할 테니까 한번 밀어붙여 보자구."

그러나 그녀의 말에 아무도 대꾸를 하지 않았다. 그녀를 무시해서가 아니라 대마도를 어떻게 할지는 이미 각본이 정해져 있기 때문이다.

테이블을 가운데 두고 양쪽에 마주 보고 놓여 있는 소파는 매우 커서 연달아 등이 다 앉고도 남았다.

연달아 좌우에는 고방아와 아랑이 찰싹 붙어서 앉았고, 아랑 옆에 을지은한이 앉아 있는 모습이다.

세 여자가 연달아의 부인이나 다름없는 신분이지만, 언제나 을지은한은 고방아와 아랑에게 모든 것을 양보하는 입장이다.

고방아는 주위를 둘러보면서 살짝 눈살을 찌푸렸다.

"왜들 대답이 없어? 대마도는 원래 우리 땅이잖아? 기왕 이렇게 된 마당에 그걸 차지하겠다는데 좋으면 좋다, 싫으면 싫다, 무슨 말이 있어야 할 거 아냐?"

"언니, 대마도 하나 때문에 대고구려 계획 전체를 망쳐 버릴 수는 없잖아?"

아랑이 고방아를 흘기며 슬쩍 핀잔을 주었다. 고방아는 아무도 못 말리는 성격이지만 연달아하고 아랑에게만은 고분고분했다.

연달아는 사랑하는 남편이고 아랑은 귀여운 여동생이기 때문이다.

고방아는 아깝다는 듯 입맛을 다셨다.

"그건 알고 있지만 다 잡은 고기를 놔줘야 하는 건 솔직히 아깝잖아. 더구나 대마도는 원래 우리 영토였어. 그것만 생각하면 속이 쓰려서 위장병이 도진다고."

"그건 그래. 하지만 별수 없잖아."

고방아는 대마도를 포기하지 못하고 고개를 갸웃거렸다.

"대마도를 일본에 돌려주지 않을 무슨 기발한 묘안 같은 거 없을까?"

사실은 연달아가 대마도를 점령한 것은 순전히 대고구려 계획 때문이었다.

독도를 무력으로 점령한 불순한 자위대 무리는 대한민국 공군과 해군에게 일망타진 당해 버렸다.

그로 인해서 자위대원 175명이 사살되고 여러 척의 함선에 탑승해 있던 해상자위대 1,600여 명은 사로잡았다. 그것으로 그 사건은 일단락됐다.

또한 그 보복으로 대마도를 공격하여 점령하는 과정에서 대마도에 주둔하고 있던 자위대원이 100여 명 가까이 죽거나 부상당하는 피해를 입혔으니까, 독도경비대 36명과 서도의 주민들이 학살당한 것은 복수를 한 셈이다. 말하자면 피장파장이다.

그렇다고 해서 죽은 독도경비대와 서도 주민들이 살아서 돌아오는 것은 아니지만, 유가족들에게는 어느 정도 위안이 되었을 터이다.

연달아는 대마도를 점령했다가 일본을 용서해 주는 체하면서 순순히 물러날 계획이다. 이른바 되로 주고 말로 받겠다는 계획인 것이다.

대마도를 돌려주면 일본 정부는 대한민국에 큰 빚을 지게 된 셈이고, 일본 국민들은 대한민국의 통 큰 호의에 크게 고마워할 것이다.

그런 상황에서 대한민국이 중국을 공격하여 전쟁이 벌어지게 되면 일본 총리가 자위대를 발동하여 우방인 대한민국을 전폭적으로 지원할 수 있는 명분이 서게 되는 것이다. 거기에 중국이 일본의 영토까지 침범을 하면 금상첨화다.

묵인자는 자신의 아홉 번째 아들 이치를 앞세워서 불순한 자위대 세력으로 독도를 점령하여 대한민국과 일본이 전쟁을 일으키게 되기를 원했다.

그런데 상황이 그가 원하는 대로 흘러가지 않았다. 아니, 오히려 이치의 자위대 세력이 난데없이 울릉도를 공격하다가 실패하여 일망타진 당했으며, 대한민국이 기습적으로 대마도를 기습, 점령해 버렸다.

일본은 자신들이 저지른 잘못이 있으므로 대한민국의 대마도 점령에 대해서도 즉각적인 반격을 하지 못하고 대한민국의 처분만 바란다는 극히 미온적인 총리 성명을 발표하는 정도로 그쳤다.

그것으로 묵인자의 일본에 대한 음모는 완전히 실패했다고 볼 수 있다.

한일 관계는 그가 더 이상 어떻게 손을 써볼 수 없는 상황이 돼버린 것이다.

그때 보장태왕이 연달아를 보면서 온화하게 미소 지으며 말문을 열었다.

"군왕, 여황이 원하는 대로 어떻게 좀 할 수 없겠나?"

그는 여러 사람이 있는 자리에서는 연달아와 고방아에 대한 호칭에 조심했다.

고방아는 자신의 의견에 모두들 침묵으로 반대하고 있는 자리에서 보장태왕이 편을 들고 나오자 가볍게 안색이 변하며 그를 바라보았다.

그녀는 668년 고구려에서 살아 돌아온 보장태왕, 즉 친아버지하고 아직 화해를 하지 않은 상태다.

아니, 그녀가 보장태왕을 용서하지 못하고 있는 것이다. 그가 아무리 진심으로 잘못을 빌어도 그녀는 쉽게 용서가 되지 않았다.

자신에 대해서보다는 어머니에 대한 것이 더욱 그랬다. 그녀가 알고 있는 어머니에 대한 일은 극히 부분적이었다.

여고를 졸업한 이후에 어렵사리 찾아낸 옛날 부모가 살았던 집의 이웃 사람에게 들은 얘기가 전부였다.

어머니는 남편도 없이 산파와 이웃 아주머니의 도움으로 집에서 아기를 낳았다.

그러나 난산인데다 산후 경과가 좋지 않아서 안타깝게도 한 달을 넘기지 못하고 숨을 거두었다.

그때 뒤늦게 집에 돌아온 아버지가 이틀 동안 어머니의 시신 앞에서 두문불출 흐느껴 울고 나서는 장례를 치른 후 아기를 안고 어디론가 훌쩍 떠나 버렸다는 것이다.

이후 그 아기는 부산 해운대의 보육원에 맡겨져 성장했다. 아버지가 아기를 보육원에 맡기고 또다시 홀연히 떠나 버린 것이다. 물론 그 아기는 고방아다.

그것이 고방아가 알고 있는 자신과 어머니, 그리고 비정한

아버지에 대한 모든 것이다.

그녀는 백번 양보해서 자신이 그토록 힘겹게 살아온 것에 대해서는 이해를 하려고 애썼다.

하지만 어머니, 아니, 아내에게 잘못을 저지른 남편으로서의 아버지를 절대로 용서할 수가 없었다.

보장태왕은 고방아가 자신을 쳐다보자 언제나 그렇듯이 빙그레 온화한 미소를 지었다.

하지만 그녀는 참견하지 말라는 듯 가볍게 눈을 부릅뜨고는 홱 고개를 돌려 버렸다.

보장태왕의 말에 연달아는 잠시 생각에 잠겼다. 그는 한반도와 중국, 일본, 러시아, 동남아에 얽힌 지정학적 관계와 역사적인 의미를 이미 충분히 공부했다.

지금 그는 그것을 바탕으로 해서 고방아의 요구를 들어줄 좋은 방안이 없는지 궁리를 하고 있는 것이다.

'대마도를 대한민국의 영토로 한다……'

그렇게 강제로 밀어붙인다면 대한민국이 중국하고 전쟁을 벌였을 때 일본의 지원은 손톱만큼도 기대하지 말아야 할 것이다.

'대마도보다 더 좋은 것을 주면 되지 않을까? 그러나 대한민국하고는 상관이 없는 것이어야 한다. 과연 어떤 것을 줘야 좋은가?'

그는 머릿속에 들어 있는 한반도와 일본 주변의 지도를 펼치면서 동시에 역사적인 사실들을 상기시켰다.

'저거다!'

그때 연달아의 시선이 머릿속에 펼쳐져 있는 일본 지도의 맨 꼭대기 북쪽 어느 섬에 머물렀다.

제76장

개전(開戰)

R U N N E R
런너

 크렘린궁의 어느 밀실에 두 사람이 마주 앉아 있다.
 러시아 푸틴 대통령과 다물의 연정토다. 연정토는 연달아의 특별 지시를 받고 신시그룹의 전용기를 타고 모스크바로 날아온 것이다.
 그런데 지금 푸틴 대통령은 매우 놀라는 표정으로 연정토를 쳐다보고 있었다.
 연정토가 방금 엄청난 제안을 내놓았기 때문이다. 아니, 그것은 차라리 폭탄선언이라고 해야 옳았다.
 푸틴은 연정토를 주시하면서 방금 자신이 들은 말의 진위를 파악하려고 애썼다.

연정토가 서울에서 모스크바까지 농담이나 하려고 날아오지는 않았을 것이라는 사실을 잘 알고 있지만, 그의 말을 덥석 믿기에는 내용이 너무나 엄청났다.

푸틴은 한참 동안 숨을 멈추고 있는 듯한 표정으로 연정토를 주시하다가 이윽고 입을 열었다.

"그게 정말이오?"

연정토는 진지한 표정으로 고개를 끄덕였다.

"틀림없는 사실이오."

"후우, 미스터 연의 말이라고 해도 너무 갑작스러워서 쉽게 믿어지지 않는군."

푸틴은 한참이나 참았던 숨을 길게 토해내며 고개를 절레절레 흔들었다. 그 정도로 그는 놀라고 긴장했었다.

진정한 사내 중의 사내인 그는 진정을 하려고 애쓰는 데도 쉽사리 마음이 진정되지 않았다.

"그것은 킹(King)의 뜻이오?"

여기에서 푸틴이 '킹'이라는 호칭을 사용한 것은 연정토의 최상위 윗사람, 즉 군왕인 연달아를 가리키는 것이다. 그는 얼마 전에 연정토에게 명령하는 사람이 있다는 사실을 알고 몹시 놀랐다.

"그렇습니다."

"그래도 괜찮겠소?"

"군왕께서 그렇게 하라고 말씀하셨습니다."

"흐음……."

푸틴은 긴장하지 않은 것처럼, 이 정도 이야기에는 끄떡도 하지 않는 것처럼 보이려고 팔짱을 끼며 등받이에 상체를 묻었다.

하지만 사실은 처음이나 지금이나 긴장이 조금도 풀리지 않고 있는 상태다. 아니, 생각하면 생각할수록 그 충격파가 점점 더 커지고 있었다.

"대통령 생각은 어떠십니까? 물론 각료들과 의논을 해봐야 하겠지요?"

"나는 푸틴이오."

그것은 그가 잘 쓰는 말 중 하나이며, 풀이하자면 '내가 곧 러시아'라는 뜻이다.

그러므로 각료회의 따윈 거치지 않고 모든 결정을 자기가 한다는 것이다.

푸틴은 눈을 좁히고 연정토를 쳐다보았다.

"당신의 킹은 점점 더 대담해지는군."

연정토는 아무 말도 하지 않았다. 이럴 때는 상대가 상상하는 대로, 그리고 무슨 말을 하든지 그냥 내버려 두는 편이 좋다.

또한 그것을 즐겁게 경청하는 태도를 보이면 상대는 흡족해하고 또 이쪽의 말을 믿게 될 것이다.

푸틴은 테이블에 손바닥을 대고 한껏 넓게 벌렸다. 그런데 테이블에는 세계지도가 펼쳐져 있었다. 아니, 유리에 새겨 넣은 세계지도였다.

그의 손바닥은 러시아 남쪽 국경지대에서 국경을 넘어 중국 영토를 향해 한 뼘을 크게 벌리고 있었다. 그는 그 상태에서 연정토를 보며 중얼거렸다.

"이 정도라도 괜찮소?"

그의 손은 매우 커서 한껏 벌리면 중국 영토의 4분의 1이 손안에 들어왔다.

연정토는 엄숙한 표정을 지었다.

"상관없습니다. 능력껏 가지십시오. 단, 산해관을 경계로 동쪽은 절대 안 됩니다."

푸틴은 지도를 주시한 채 중얼거렸다.

"산해관 동쪽이 옛 고구려 영토라는 것쯤은 나도 공부를 해서 알고 있소. 그러니까 거길 건드려서 대한민국, 아니, 당신네 킹하고 얼굴을 붉힐 어리석은 짓 따위를 할 생각은 추호도 없소."

푸틴은 자신의 손바닥이 덮고 있는 지점에서 베이징 쪽으로 크게 한 뼘을 더 벌렸다.

"이 정도라면……."

그는 더 욕심을 부리고 있었다. 두 뼘 정도만큼 중국 영토를 차지한다면 러시아는 어쩌면 미국을 능가하는 세계제일의 대국이 될지도 모른다.

그럼 팍스아메리카의 등불은 꺼지고 바야흐로 팍스러시아의 시대가 도래할 것이다.

연정토는 푸틴이 지도에서 손을 떼고 허리를 펴기를 기다렸다가 정중하게 물었다.

"어떻게 하시겠습니까?"

푸틴은 털이 수북한 손을 들어 뭉툭하고 굵은 손가락 하나를 세웠다.

"한 가지 조건이 있소."

"말씀하십시오."

"조건을 말하기 전에 하나 물어볼 것이 있소."

"무엇입니까?"

푸틴은 매우 진지한 표정을 지었다.

"킹이 고구려의 황제가 되는 것이오?"

"아닙니다."

"그럼 누가 황제요?"

"여황이십니다. 그 옛날 고구려의 마지막 태왕이셨던 보장태왕의 따님이십니다."

"오, 그렇소? 그렇다면 킹은 무엇이 되오?"

"킹께선 여황의 부마이십니다."

"아, 그렇군."

푸틴은 턱을 쓰다듬으면서 이제부터 자신이 말할 조건 때문에 조금 자존심이 상한다는 표정을 지었다.

하지만 지금은 자존심을 꺾지 않으면 안 된다는 것을 그는 잘 알고 있다.

"상호불가침조약을 맺읍시다."

연정토는 푸틴이 이렇게 나올 줄 몰랐기 때문에 움찔 놀라는 표정을 지었다.

"러시아와 고구려가 말입니까?"

"그렇소. 지구가 멸망할 때까지 러시아와 고구려는 서로 침략하지 않기로 아예 피로써 조약을 맺읍시다."

한때는 공산주의 종주국이었으며 현재는 미국에 이어서 세계에서 두 번째 군사 대국인 러시아가 극동의 소국 대한민국에게 영원토록 상호불가침조약을 맺자고 협박 아닌 협박을 하고 있는 것이다.

그런데 연정토는 가볍게 고개를 숙였다.

"죄송합니다. 제가 결정할 일이 아닙니다."

러시아가 굽히고 들어오는데도 연정토는 정중하게 사양했다.

푸틴은 연정토가 속해 있는 '다물'에 대해서 많은 것을 알
지는 못한다.

다물이 옛 고구려의 혈통을 이어받았으며, 옛 고구려의 광
활한 영토를 되찾아서 새로운 대고구려 제국을 건국하려고
한다는 사실과 이미 만반의 준비를 갖추었으며 전 세계를 움
직일 정도의 막강한 파워를 지니고 있다는 정도만 알고 있을
뿐이다.

푸틴은 고집스러운 표정을 지으면서 손을 내저었다.

"그렇다면 킹에게 물어보시오. 그 조건이 선결되지 않으면
이 얘기는 없던 것으로 하겠소."

그는 강수로 나갔다. 두 뼘 크기의 중국 영토를 놓고 도박
을 하고 있는 것이다.

연정토는 조금 난감한 표정을 지었다가 어쩔 수 없다는 듯
스르르 눈을 감았다.

푸틴은 그가 눈을 감는 이유가 킹에게 물어봐야 하나 말아
야 하나 그것을 고민하는 것이라고 생각했다.

그런데 1분쯤 후에 연정토가 눈을 뜨더니 정중하지만 가볍
게 고개를 숙였다.

"알겠습니다. 상호불가침조약을 맺겠습니다."

"뭐… 요?"

방금까지만 해도 자기가 결정할 일이 아니라고 하더니 1분

후에는 그렇게 하겠다니, 연정토의 그러한 언행은 마치 킹에게 물어본 것 같은 행동이지 않은가. 그래서 푸틴은 어리둥절해졌다.

그때 푸틴의 머리를 스치는 뭔가가 있었다.

"설마 킹에게 물어본 것이오?"

연정토는 담담한 미소를 지으며 가볍게 고개를 끄덕였다.

"그렇습니다."

"맙소사, 텔레파시라는 말인가?"

극소수의 사람들이지만, 초능력이라는 것이 존재한다고 믿는 사람들이 있다. 공교롭게도 푸틴은 그중 한 사람이었다.

연정토는 거기까지는 대답하지 않고 침묵을 지켰다. 하지만 지금 이 순간의 침묵은 긍정을 뜻한다.

푸틴은 불끈 흥미를 보였다.

"나도 킹하고 텔레파시로 대화를 나누고 싶소. 그렇게 할 수 있겠소? 그는 러시아어를 아오?"

연정토는 난감한 표정을 짓는 듯하다가 잠시 후에 고개를 끄덕였다.

"킹께서 대통령과 대화를 하시겠다고 말씀하셨습니다."

"오, 어떻게 하면 되오?"

푸틴은 흥분과 기대로 얼굴이 벌겋게 달아올랐다.

[안녕하시오, 미스터 푸틴.]

그런데 그때 느닷없이 푸틴의 머릿속을 울리는 목소리, 아니, 그 무엇인가가 있었다. 그는 순간적으로 그것이 킹의 목소리라고 판단했다.

"오오, 킹이시오?"

생각으로만 해도 되는데 푸틴은 너무 흥분한 나머지 벌떡 일어서며 소리쳤다.

[그렇소. 반갑소, 미스터 푸틴.]

텔레파시로 뜻을 전하는 것이기 때문에 연달아가 구태여 러시아어를 몰라도 된다.

연정토가 푸틴에게 조용히 일러주었다.

"속으로 생각만 하시면 됩니다."

"생각만? 아아, 텔레파시였지?"

푸틴은 희희낙락해서 고개를 마구 끄덕였다.

그날 그는 태어나서 처음으로 텔레파시라는 것을 해보았다.

킹하고의 직접 텔레파시 대화 결과 러시아와 고구려의 상호불가침조약은 체결되었다.

하지만 시효가 '영원'에서 '백 년'으로 대폭 단축되었다. 그 말은 백 년 후에는 고구려가 러시아를 침공할 수도 있다는 뜻이다.

푸틴은 더 이상 밀어붙이지 못했다. 백 년이라면 아직 한참이나 멀었다.

푸틴이 백 년 정도만 러시아를 지켜준다면 그것만으로도 썩 잘한 일이다.

*　　*　　*

이리가수미의 오사카 집에 일본 총리가 왔다. 이리가수미가 그를 불렀기 때문이다.

총리는 다다미 방석 위에 무릎을 꿇고 앉았다. 이리가수미의 명성 앞에서는 총리 아니라 그 할아비라고 해도 무릎을 꿇어야만 한다.

이리가수미는 보료 위에 앉아 있고 앞쪽 좌우에 연수영과 이슬비가 서로 마주 보는 자세로 무릎을 꿇고 앉았으며, 그녀들에게서 2미터쯤 거리에 총리가 앉아 있다.

그런데 총리의 뒤쪽 뚝 떨어진 곳에 일본 경시청의 다카하시가 단정하게 무릎을 꿇고 있다.

얼마 전에 연달아의 사람이 된 다카하시는 지금은 이리가수미와 일본 정부를 연결하는 역할을 하고 있다. 오늘 총리가 이곳에 온 것도 이리가수미의 뜻을 다카하시가 전했으며, 그가 직접 차로 이곳에 데리고 왔다.

이리가수미는 거두절미, 자르듯이 말했다.

"지금 이 시간 이후 대마도는 대한민국의 영토로 영구히 귀속될 것이네."

"후, 후치도노(殿), 그것은……."

총리는 크게 당황해서 고개를 번쩍 들고 그를 바라보았다. 그가 이리가수미를 '도노'라고 부른 것은 일본에서의 웬만한 존칭인 '사마'하고는 비교도 할 수 없는 것이다. '도노'는 옛날에는 '주군'이라는 뜻으로 통용됐었다.

이리가수미는 눈 아래로 총리를 쳐다보았다.

"너무하다고 생각하는가?"

"그, 그건 아닙니다만……."

허여멀끔하고 말쑥하게 생긴 나카요시(中吉) 총리는 쩔쩔매면서 손바닥으로 이마에 흐르는 땀을 닦았다.

"하지만 그렇게 결정을 하시면 제가 일본 국민들에게 할 말이 없습니다만……."

"대마도는 원래 대한민국 것이었네. 부인할 텐가?"

"……."

"더구나 고구려와 신라, 백제가 없었다면 지금의 일본은 존재하지 않았겠지."

일본의 진짜 역사에 대해서 잘 알고 있는 나카요시 총리는 유구무언, 할 말이 없었다.

"일본인은 그 옛날 한반도에서 건너온 유민들이고, 그들을 각 지역에서 통치했던 사람들이 고구려와 신라, 백제 사람들이었어. 야만인이나 다를 바 없는 일본인들에게 문물과 문화를 전수한 것도 그들이고."

"그, 그렇습니다."

"그런데 선조의 나라에 대마도를 되돌려주는 것이 그렇게도 아까운 겐가?"

이리가수미의 목소리가 나직한 꾸짖음으로 변했다.

"아, 아닙니다."

이리가수미는 아예 대못을 박았다.

"그렇다면 대마도는 포기하게."

"……."

"대답은?"

"아, 알겠습니다."

이리가수미의 입에서 다음에 나올 말이 무엇인지 알고 있는 연수영과 이슬비는 배시시 엷은 미소를 지었다.

총리는 풀이 팍 죽어서 고개를 푹 숙인 채 이제 그만 일어나야겠다고 생각하는 중이다.

"저… 그럼 이만……."

"선물을 주겠다."

그런데 이리가수미가 밑도 끝도 없이 불쑥 말했다.

총리의 얼굴이 조금 일그러졌다. 대마도를 뺏겼는데 선물

따위가 무슨 필요가 있겠는가. 그는 한시바삐 이곳을 떠나서 대마도를 뺏긴 것에 대한 대책을 세울 궁리로 머릿속이 복잡했다.

"북방 네 개 섬을 주겠네."

나카요시 총리는 자기가 뭘 잘못 들었나 싶어서 어리둥절한 표정을 지었다.

"지금 뭐라고 말씀……."

"구나시리, 에토호루, 하보마이, 시코탄 네 개 섬을 일본에 주겠다고 말했네."

총리는 눈을 휘둥그렇게 떴다가 다시 눈을 껌뻑거렸다. 도저히 믿어지지 않는다는 일시적인 감정과 이리가쿠미는 절대로 거짓말이나 농담을 하지 않는다는 이성 간에 복잡한 대립이 일어났다.

"정… 말입니까?"

일본 열도 최북단의 홋카이도(北海道)와 러시아의 캄차카반도 1,200km를 점점이 연결하고 있는 백여 개의 섬을 쿠릴열도라 하고 일본에서는 지시마[千島]라고 부른다. 북방 네 개 섬은 쿠릴열도 최남단에 위치해 있다.

쿠릴열도는 기나긴 세월 동안 일본과 러시아의 영토 분쟁 지역이었다.

그러다가 러일전쟁의 승자인 일본은 한동안 쿠릴열도를

실효 지배하면서 자국민들을 이주시켜서 살게 했다.

그러나 제2차 세계대전에서 패한 일본은 러시아에게 쿠릴열도를 뺏겼으며 그곳에 정착했던 일본인들도 삶의 터전을 잃고 추방당했다.

이후 일본은 홋카이도와 불과 20여 km밖에 떨어져 있지 않은 구나시리와 그보다 더 가까운 거리의 하보마이, 그리고 그 섬들과 이웃한 에토호루와 시코탄, 즉 북방 네 개 섬을 되돌려 달라면서 틈만 나면 끈질기게 러시아에 요구하고 있는 중이다.

북방 네 개 섬은 지정학적으로나 자원적인 면에서 일본과 러시아 양국에 매우 중요한 의미를 지니고 있다.

일본으로서는 불과 20여 km 떨어진 곳에 러시아 군대를 마주 대하고 있다는 것이 너무나도 껄끄러운 상황이다. 또한 그 좁은 해협은 두 나라 군대가 늘 아슬아슬하게 지나치며 충돌하는 곳이기도 하다.

북방 네 개 섬 중에서 하보마이와 시코탄은 대마도보다 작은 규모지만, 구나시리는 대마도의 세 배, 에토호루는 4.5배나 큰 섬이다.

그러므로 북방 네 개 섬과 대마도는 절대로 비교할 바가 못 된다.

"내가 거짓말하는 것 봤나?"

"후, 후치도노······."

"러시아의 푸틴 대통령에게 이미 확약을 받아놨네."

'푸틴 대통령'이라는 말에 나카요시 총리는 크게 격동해서 온몸을 부르르 떨었다.

일본 국민의 오랜 숙원이던 북방 네 개 섬을 돌려받을 수만 있다면 대마도쯤은 무조건 포기할 수 있다.

북방 네 개 섬은 그 이상의 가치가 있다. 아니, 비교하는 자체가 무의미하다.

나카요시 총리는 조금 전까지만 해도 이리가수미를 원망했으나 지금은 감격하여 어찌할 바를 몰랐다.

그러나 이것은 시작이다. 그가 감격할 일은 아직 하나 더 남아 있다.

이리가수미는 북방 네 개 섬에 비할 바가 아닌 큰 선물을 하나 더 줄 생각이다.

"나카요시."

"핫!"

이리가수미의 조용한 부름에 총리는 상체를 납작하게 바닥에 엎드렸다. 몸이 저절로 그렇게 굽혀졌다.

"가라후토(樺太)를 어떻게 생각하는가?"

"네?"

총리는 상체를 엎드린 채 고개만 들고 이리가수미를 쳐다보는데 얼굴에는 어리둥절한 표정이 떠올랐다. 이리가수미가 어째서 갑자기 '가라후토'를 들먹이는 것인지를 생각해 내려고 애썼다.

'가라후토'는 사할린의 일본 이름이다. 사할린은 현재 러시아의 영토지만 한때는 일본 영토였었다. 일본 원주민인 '아이누족'이 사할린에 거주했었기 때문에 자연스럽게 일본 영토로 인정되었다.

그러던 것이 러일전쟁 이후 포츠머스조약에 의해서 북위 50도 선을 경계로 남북으로 분할되어 그 당시 소련 영토인 북쪽을 북사할린, 일본 영토인 남쪽을 남사할린이 되었다. 일본은 남사할린을 미나미가라후토[南樺太]라고 불렀다.

장구한 세월 동안 흑룡강 하구의 퇴적물로 이루어진 사할린에는 옛날부터 아이누족이 살았기 때문에 역사적으로는 일본령이 맞는다고 할 수 있다.

그랬는데 일본이 일으킨 제2차 세계대전 패망 직전인 1945년 8월 8일, 소련이 일본의 약세를 틈타서 일방적으로 불가침조약을 파기하고 사할린 전체 점령 작전을 개시했다.

일본에서는 이 사할린 전쟁을 '일본 본토 최후의 전쟁'이라고 명명했다.

8월 28일 소련은 사할린 전체를 점령하여 오늘에 이르고 있는 것이다.

독일이 전쟁에 패해서 국토의 3분의 1에 해당하는 영토를 폴란드에 할양해 준 것처럼, 일본은 전쟁 패망으로 인해서 소련에 사할린을 통째로 넘겨준 셈이다.

그러니까 일본, 아니, 모든 일본인들의 가슴속에는 사할린이 낳아놓기만 하고 키우지 못한 자식처럼 안타까움이 가득한 땅인 것이다.

더구나 사할린의 크기는 일본 전체 영토의 4분의 1에 달할 정도로 엄청나다.

총리는 이리가수미가 왜 갑자기 사할린, 아니, 가라후토 얘기를 꺼내는 것인지 감을 잡지 못했다.

"왜 갑자기 가라후토를 말씀하시는지……."

"대한민국 국민들이 고구려의 잃어버린 옛 고토를 생각하는 것만큼 일본 국민들도 가라후토를 그리워하는가?"

"감히 말씀드리자면 그보다 더 뼈에 사무친다고 할 수 있습니다만……."

이리가수미는 넌지시 물었다.

"가라후토를 일본에 할양해 주면 어떻겠는가?"

"에?"

총리는 자신의 신분도 잊은 채 얼굴 가득 얼빠진 바보 같은 표정을 지었다.

그는 이번에는 너무 경악해서 정말이냐고 묻지도 못했다.

"잃어버린 자식을 되찾아주는 걸세."

"아아……."

총리의 얼굴이 벌겋게 달아올랐으며 두 눈에는 어느덧 눈물이 그렁그렁 고였다.

"가라후토를……."

총리 뒤쪽에 무릎을 꿇고 있는 다카하시도 온몸을 떨면서 감격의 눈물을 주체하지 못하고 있다.

가라후토를 돌려받을 수만 있다면, 일본은 무슨 짓이라도 할 수 있을 것이다.

이리가수미는 마지막 해야 할 말을 잊지 않았다.

"단, 다물이 중국과의 전쟁에서 승리했을 때의 얘기일세. 다물이 패하면 국물도 없네."

러시아가 중국 영토를 남쪽으로 두 뼘쯤 먹어야지만 북방 네 개 섬과 사할린을 내놓을 것이기 때문이다.

총리는 눈물을 흘리면서 다다미 바닥에 납작하게 엎드리며 아뢰었다.

"아예 총지휘권을 후치도노께 드리겠습니다."

전쟁이 일어났을 경우, 일본자위대의 총지휘 권한을 이리가수미에게 송두리째 주겠다는 것이다.

* * *

다물 내본부.

지하 3층 상황실에 연달아와 고방아, 보장태왕, 다물수호대를 비롯하여 군왕호위군 대장 장철환, 여황호위군 대장 조형구, 다물정군 일곱 명의 대장들, 그리고 상황실 요원 백여 명이 모여 있다.

단상에는 연달아와 고방아가 나란히 서 있으며, 앞쪽에 다물수호대와 핵심 인물들이, 상황실 곳곳에 정요원들이 제자리에 일어서 있다.

모두의 얼굴에는 극도의 긴장감이 팽팽하게 떠올라 있다. 그도 그럴 것이, 이제 곧 군왕 연달아가 대고구려 제국 건국 작전을 발동할 것이기 때문이다.

연달아는 벽시계를 쳐다보았다. 11시 57분을 가리키고 있다. 이제 3분만 있으면 자정 12시다.

2013년 2월 24일 12시, 즉 0시가 대고구려 제국 건국 작전이 발동하는 역사적인 시간이다.

이번 계획에서 가장 중요한 역할을 하게 될 중국팀과 일본팀, 미국팀, 러시아팀은 만반의 준비가 끝났다.

뿐만 아니라 그 밖의 나라들도 완벽한 준비를 갖추었다. 이제 연달아의 명령만 떨어지면 도처에서 수만 명이 일제히 행동 개시에 돌입한다.

일주일 전에 CIA 서울지국장인 라이언 셀던은 고방아가 준 방대한 분량의 자료가 담긴 USB를 갖고 막중한 임무를 띤 채 미국으로 날아갔다.

미국에 도착한 그는 묵인군단에 포섭되지 않은 FBI국장과 국토안보부 차관을 만나 긴밀하게 의논했다. 국토안보부 장관이 묵인군단에 포섭되었지만 차관은 아니다.

묵인군단으로서는 장관만 포섭하면 다 될 줄 알았으나 사실은 그게 아니다.

물론 라이언이 FBI국장과 국토안보부 차관을 만날 수 있도록 주선한 것은 다물이다.

그 두 사람은 다물의 부요원이며 묵인군단의 입김이 닿지 않았으므로 어려운 일이 아니다.

메일은 해킹을 당할지도 모르고 전화는 도청을 당할 수도 있기 때문에 다물에서는 그들 국장과 차관에게 묵인군단에 포섭, 매수된 미국 내 중요 인물들에 대해서 메일이나 전화로 알려줄 수가 없었다.

그러므로 라이언이 갖고 간 USB에 담겨 있는 자료가 유일한 단서이자 증거였다.

FBI국장과 국토안보부 차관은 라이언이 갖고 온 자료를 확인하고는 사태가 매우 심각하다고 판단하여 라이언을 데리고 백악관으로 가서 대통령을 만나게 해주었다.

미국 대통령은 다물의 부요원이나 실행요원은 아니지만 무척 우호적이며, 다물이 대고구려 제국 건국 계획을 실행에 옮기면 전폭적인 지원을 해주기로 약속한 바 있다.

 라이언이 갖고 온 자료를 확인한 대통령은 크게 놀라서 그 즉시 FBI국장과 국토안보부 차관에게 전권을 주었으며, 그리고 라이언을 임시 CIA국장서리로 임명하는 등 묵인군단에게 포섭, 매수된 미국 내 중요 인물들 전원을 즉시 체포하라고 명령했다.

 국토안보부는 911테러 때문에 2002년 11월에 발족한 초거대 조직이다.

 미국 내 정보기관과 대테러 조직, 연방경찰, 비밀검찰국 등 22개 기관이 통합하여 탄생한 것이 국토안보부다. 일 년 예산만 5,500억 달러 이상이 소요되고 소속된 인원이 20만 명에 가깝다.

 묵인군단에 포섭, 매수된 미국 내 중요 인물들, 그리고 미국에서 암약하고 있던 묵인군단 조직원들에 대한 체포 작전은 극도로 은밀하게, 그리고 순식간에 이루어졌다.

 포섭, 매수된 총 617명 중에서 605명이 긴급 체포됐으며, 해외에 있던 자들도 일망타진되었다.

 단 체포 과정에서 열두 명이 권총이나 칼, 독극물 등을 이용하여 스스로 목숨을 끊은 일이 벌어졌다.

또한 미국 내 묵인군단 조직원 400여 명 중에서 350여 명이 체포되거나 저항하다가 사살당했다.

체포 작전은 대성공했다. 그럴 수 있었던 것은 다물이 제공한 완벽한 자료 덕분이었다. 미국 대통령은 다물에 심심한 감사를 표했다.

그로써 묵인군단이 미국 내에 심어둔 조직원이나 포섭, 매수한 자들은 죽거나 쇠고랑을 차거나 해외로 도주하는 것으로 일단락됐다.

"후우……."

시간이 11시 59분 50초를 가리키자 긴장한 고방아가 들릴 듯 말 듯 한숨을 내쉬었다.

연달아는 그녀의 손을 살며시 잡았다. 그녀의 손은 땀으로 흠뻑 젖어 있었다.

그녀는 연달아를 쳐다보는 순간 긴장이 풀리면서 마음이 차분하게 안정되었다.

신기한 일이다. 요즘에는 모든 것이 그랬다. 그녀는 연달아 옆에만 있으면 하나도 걱정되는 것이 없다. 한없이 든든해서 자신감이 넘쳤으며 그저 마냥 좋았다. 아마 그런 것을 행복이라고 하는 모양이다.

드디어 시계가 12시 정각을 가리키는 순간 모두들 숨을 죽이는 가운데 연달아의 나직하지만 힘찬 목소리가 실내를 울렸다.

"대고구려 제국 건국 작전을 실행하라!"

순간 상황실 요원들이 일제히 자기가 맡은 작전 지역의 제1명령을 하달했다.

'실행하라!'는 상황실 요원들의 목소리가 한동안 실내를 떠들썩하게 울렸다.

그때 천여 평 규모의 넓은 상황실 사방 벽에 부착된 수백 대의 대형 벽걸이 TV가 일제히 켜졌다.

그리고는 작전이 벌어지고 있는 수십 개 지역의 상황이 화면에 나타났다.

"저깁니다."

상황실을 총지휘하고 있는 연정토가 하나의 TV를 가리켰다. 그곳은 일본이 실효 지배하고 있으며 중국과의 영토 분쟁 지역인 센카쿠열도였다.

대고구려 제국 건국 작전의 첫 번째는 뭐라 해도 중국이 국경을 마주하고 있는 이웃 나라를 아무런 이유 없이 침공하거나 무력 도발을 일으키는 것이다.

센카쿠열도(尖閣列島), 중국 명으로 댜오위댜오 열도(釣魚列島)는 일본 오키나와 나하로부터는 남서쪽으로 약 400여 km 거리이고, 중국 본토에서 350km, 대만의 지룽으로부터 170km 떨어져 있다.

전체 면적은 6.3평방킬로미터 정도고 다섯 개의 무인도와 세 개의 암초로 구성되어 있다.

청일전쟁에서 일본에 패배한 청나라는 1895년 4월 시모노세키조약에서 대만 섬과 그 섬에 부속된 도서 및 펑후(彭湖) 열도를 일본에 할양했었다.

그러나 제2차 세계대전이 끝난 후에 '샌프란시스코 강화조약'에서 일본은 대만 섬과 펑후 열도에 대한 권리를 포기한다고 선언했다.

그러나 대만 섬의 부속 도서 중 하나인 센카쿠열도에 대해서는 미국이 위임 통치하는 오키나와의 관할 안에 두는 것으로 정했다.

그리고는 이후 일본은 자연스럽게 센카쿠열도를 실효 지배하게 된 것이고 지금에 이르렀다.

* * *

중국 북해함대 소속 한(漢)급 5,500톤급 잠수함 두 척은 이미 세 시간 전부터 센카쿠열도에서 서북쪽 20㎞ 거리의 물속에서 대기하고 있는 중이다.

그리고 두 척의 잠수함으로부터 남서쪽으로 50㎞ 떨어진 해상에는 중국의 란저우급 8,000톤급 구축함 한 척과 자싱급

2,393톤급 호위함 두 척이 서남에서 동북으로 유유히 밤바다를 항해하고 있는 중이다.

표면적으로 이 세 척의 함정은 그냥 일상적인 항해를 하는 것처럼 보이고, 센카쿠열도에서 50여 ㎞나 떨어져 있어서 별 위험이 되는 것 같지 않아 보였다.

하지만 사실은 잠시 후에 두 척의 잠수함이 센카쿠열도를 불시에 공격하고 나면 그곳을 점령하기 위해서 대기하고 있는 것이다.

[실행하라.]

그때 중국군 7대군구 중에서 난징군구 사령관의 명령이 떨어졌다.

그 명령은 즉각 항진 중인 란저우 지휘구축함에 전해졌으며, 지휘구축함은 물속에서 대기하고 있는 두 척의 잠수함에게 공격 명령을 내렸다.

[작전 개시. 반복한다. 작전 개시.]

스우우.

두 척의 잠수함은 수심 300미터 깊이에서 센카쿠열도를 향해 10노트의 속도로 소리없이 다가갔다.

1시간 30분 후. 두 척의 잠수함은 센카쿠열도에서 2㎞ 떨어진 수심 50미터에서 정지했다.

일본은 센카쿠열도 다섯 개의 무인도 중에서 그나마 가장 큰 섬에 인공적으로 콘크리트 구조물을 설치하여 선박의 접안 시설을 만들어놓았다.

이곳이 일본 영토라는 사실을 세계에 과시하기 위해서 공을 들여놓은 것이다.

그곳에 일본 해양순시선 5천 톤급 한 척이 정박해 있으며, 배에서 내린 일부 해양경찰들은 섬의 접안 시설 근처에 지은 철 구조물 2층 숙소에서 쉬고 있다.

그 외에 별다른 시설이나 함정, 군대 같은 것은 없다. 다른 나라가 센카쿠열도를 공격하는 행위는 곧바로 전쟁이 발발하는 것을 의미하기 때문에 이곳에 많은 자위대를 주둔시켜서 거창하게 지킬 필요는 없는 것이다.

중국은 여태껏 센카쿠열도 때문에 여러 차례 일본에 으름장을 놓은 적은 있지만 실제 행동으로 옮긴 적은 한차례도 없었다.

슈우.

그때 두 척의 잠수함 어뢰발사관이 열리면서 각기 두 발씩 도합 네 발의 어뢰를 발사했다.

어뢰는 나란히 섬의 접안 시설을 향해 물속을 가르며 쏜살같이 쏘아갔다.

고요하고 드넓은 동중국해 한가운데의 무인도 앞바다에

떠 있는 두 척의 잠수함이나 무인도를 향해 쏘아가고 있는 네 발의 어뢰에 대해서 섬에 접안해 있는 해양순시선은 까맣게 모르고 있었다.

이곳 상공이나 해상은 일본 항공자위대의 초계기와 해상자위대의 구축함들이 정기적으로 정찰을 하지만 지금은 정찰 시간이 아니다.

중국군은 그것을 꿰뚫고 있기 때문에 최적의 공격 시기를 계획한 것이다.

해양순시선과의 거리를 300미터를 남겨두고 네 발의 어뢰가 비스듬히 수면으로 떠올랐다.

비로소 물의 저항을 덜 받게 된 네 발의 어뢰는 지금까지보다 두 배 빠른 속도로 네 줄기 새하얀 물보라를 일으키면서 곧장 쏘아갔다.

번쩍! 쿠쿵!

접안 시설 쪽 어둠을 눈부시게 밝히는 섬광이 일더니 엄청난 폭음이 터지며 불기둥이 치솟았다.

4발의 어뢰는 5,500톤급 해양순시선 하부 정중앙에 커다란 구멍을 뚫었다.

해양순시선은 수면 위로 둥실 떠오르는 듯하다가 떨어져서는 구멍이 뚫린 쪽으로 묵직하게 기울기 시작했다.

구우우!

해양순시선에서 곤히 자고 있던 120여 명의 해양경찰들은 아닌 밤중에 날벼락을 맞은 듯 해양순시선이 침몰하자 난리법석이 났다.

배가 급속히 기울자 모두들 탈출하느라 아비규환이다. 또한 섬의 숙소에서 자고 있던 해양경찰들도 쏟아져 나와 동료들을 구출하느라 전력을 다했다.

거대한 해양순시선은 불과 5분 후에 침몰했다. 접안 시설의 수심은 그리 깊지 않아서 해양순시선의 윗부분은 물에 잠기지 않았다.

중국군 두 척의 잠수함은 해양순시선이 완전히 침몰한 것을 확인하고는 이윽고 기수를 돌려 빠른 속도로 지휘함이 있는 해상을 향해 물러났다.

해양순시선이 침몰했으나 다행히 사망자는 한 명도 발생하지 않았다.

어뢰가 적중한 곳이 배의 아래쪽 화물칸이었고 침몰한 곳이 접안 시설이기 때문이었다.

해양경찰 172명은 권총이나 소총 따위만을 지닌 채 섬에서 경계를 하는 한편 규슈 해양경찰본부에 이곳의 상황을 급히 타전했다.

그 즉시 오키나와 나하 항에 주둔하고 있던 일본 해상자위대 나하 방면 소속 이지스함 콩고와 세 척의 호위함이 센카쿠열도를 향해 출항했다.

또한 오키나와 항공자위대에서 8대의 F—15전투기가 급발진하여 센카쿠열도를 향해 굉음을 울리며 날아갔다.

드디어 21세기 일본과 중국의 전쟁이 시작되었다.

그러나 실제로 그것은 대고구려 제국 건국 작전의 시작이었다.

제77장

제3차 세계대전

RUNNER
러너

중국 북해함대 소속 잠수함이 센카쿠열도를 공격한 지 정확히 37분 후.

중국군 선양군구 예하 제33집단군 소속 일개 분대가 완전 무장한 상태로 러시아와 국경을 이루고 있는 꽁꽁 얼어붙은 아무르 강, 중국명 헤이룽 강을 넘어서 어느 러시아 마을로 밤 고양이처럼 민첩한 동작으로 들어섰다.

눈 덮인 150호 정도의 아담한 마을은 적막과 어둠 속에 깊이 잠들어 있었다.

분대장 하사의 지휘에 따라서 분대원 12명은 거리낌없이 마을로 들어서 주위를 두리번거리다가 거리에 면한 어느 가게로 들어섰다.
 쨍강!
 그 가게는 식료품점인데 중국군 한 명이 소총 개머리판으로 입구의 유리창을 깨고 손을 안으로 넣어 자물쇠 고리를 풀어 문을 열었다.
 분대원들은 가게 안으로 우르르 몰려 들어가 갖고 온 자루를 열어 햄과 소시지, 통조림 등 식료품을 닥치는 대로 자루에 쓸어 담았다.
 국경지대의 항상 배고픈 중국군들이 국경을 넘어 러시아 마을의 식료품점을 터는 것이다.
 즉, 식량 보급 작전을 하고 있는 중이다. 이들은 단지 직속 상관의 명령으로 움직이고 있는 것뿐이다. 그러므로 이 작은 일이 중국과 러시아의 전쟁으로 비화될 것이라고는 꿈에도 생각하지 못하고 있다.
 "누, 누구냐?"
 그런데 아무도 없을 줄 알았던 식료품점 안쪽 구석 간이침대에서 자고 있던 중년인 한 명이 잠에서 깨어 큰 소리로 외쳤다.
 "엇?"
 중년인에게서 가까이 있던 중국군 한 명이 다짜고짜 그에게 소총을 갈겨댔다.

투타타탓!

"으악!"

대검으로 찌르려고 했는데 러시아 중년인이 머리맡의 엽총을 집어 드는 바람에 소총을 갈겨댄 것이다.

중년인은 온몸이 벌집이 되어 나뒹굴었다.

"철수한다!"

분대장의 다급한 명령에 12명의 중국군은 각자 노획한 각종 식품이 담긴 자루를 메고 식료품점을 나와서 아무르 강을 향해 거리를 내달렸다.

그때 총소리를 듣고 몇 명의 주민이 거리로 나왔다. 달리고 있는 중국군 뒤쪽은 괜찮은데 앞쪽에 나타난 주민들이 방해가 됐다.

또한 그들 중에는 집에 보관하고 있던 엽총이나 권총 따위를 들고 나온 사람들도 있었다.

중국군들은 달려가면서 주민들을 향해 무차별 소총을 난사했다. 앞뒤 길게 잴 것도 없다는 듯한 행동이다. 단지 본능적인 반응일 뿐이다.

투카카카캇!

무기를 갖고 있는 주민들은 물론 그러지 않은 주민들까지 피투성이가 되어 거리에 쓰러졌다.

중국군 일개 분대가 얼어붙은 아무르 강에 도착했을 때에는 러시아 마을주민 17명이 무차별 사살당해서 거리에 널브러져 있는 상황이다.

중국군들이 러시아 마을에서 아무르 강을 완전히 건너기까지는 20분 정도가 소요된다.

그런데 그들이 아무르 강 한복판쯤을 달리고 있을 때 묵직한 폭음이 주위를 울리면서 시커먼 물체가 아무르 강 상공 밤하늘에 나타났다.

강을 향해 눈부신 서치라이트를 비추고 있는 괴물 같은 놈은 러시아 공격 헬기인 Mi-28 하보크 한 대다.

중국군들은 서치라이트에 노출되자 헬기를 향해 미친 듯이 소총을 난사했다.

그러나 소총 따위로 러시아가 자랑하는 최강의 공격 헬기를 격추시킬 수 있을 리가 만무하다.

더구나 Mi-28 하보크는 기관총탄에도 끄떡없는 방탄유리를 장착했으며 전체가 장갑 처리되어 있어서 소총탄에는 흠집도 나지 않는다.

공격 헬기가 얼어붙은 강을 죽을힘을 다해서 달리고 있는 중국군을 향해 30㎜ 기관포를 발사하려고 할 때, 강 건너 중국 영토 쪽에서 하나의 작고 붉은 불빛이 반짝였다.

투투툭.

공격 헬기가 몇 발의 기관포탄을 막 발사하고 있을 때, 강 건너에서 미사일 한 발이 초음속의 속도로 공격 헬기를 향해 쏘아왔다.

중국군이 지금 같은 한밤중에 이렇게 빨리, 더구나 정조준을 하여 미사일을 발사할 수 있었다는 것은 사전에 미리 기다리고 있었다는 얘기다.

쿠앙!

공격 헬기는 뒤늦게 미사일을 발견하고 급히 피하려고 했으나 늦고 말았다. 미사일은 러시아 공격 헬기를 섬광 속에 날려 버렸다.

불길에 휩싸인 공격 헬기가 아무르 강 위에 떨어져 맹렬하게 불타올랐다.

*   *   *

훗날 동서양의 역사가들은 이 전쟁을 제3차 세계대전이라고 명명했다.

전쟁이 발발한 원인은 중국의 무리한 영토 확장 정책이었다고 기록되었다.

2013년 2월 24일, 중국군은 일본이 실효 지배하고 있는 센카쿠열도에 대한 무력 도발을 일으켜서 5,500톤급 일본 해양순시선을 침몰시켰으며, 해양경찰 172명을 여러 척의 구명정에 태워서 망망대해로 추방했다.

해양경찰 172명은 다행히 오키나와에서 출항한 이지스함, 콩고함 등에 발견되어 구조되었다.

일본 해상자위대 콩고함과 세 척의 호위함이 센카쿠열도에 도착했으나 어떻게 손을 써볼 방도가 없었다.

또한 오키나와 나하 기지에서 발진한 일본 항공자위대 여덟 대의 F-15 전투기들도 센카쿠열도 상공을 선회하다가 연료가 다 돼서 기지로 귀환할 수밖에 없었다.

센카쿠열도는 이미 중국군 난징군구에 의해서 난공불락의 요새로 변해 있었다.

20여 척의 구축함 등 함정, 잠수함들과 중국 전투기 수십 대가 거리상으로 그리 멀지 않은 중국 본토에서 수시로 오가면서 센카쿠열도, 아니, 이제는 댜오위다오 열도가 된 무인도 위를 선회하면서 위력 비행을 하고 있었다.

그런 상황이기 때문에 일본의 구축함 몇 대와 여덟 대의 전투기로는 싸움 자체가 성립되지 않았다.

아니, 일본 방위성으로부터 공격 명령이 아직 떨어지지 않은 상태였다.

항공자위대의 전투기들은 오키나와로 돌아갔고, 센카쿠열도 동북쪽 10km 해상에 떠 있는 콩고함과 세 척의 호위함은 상부의 명령을 기다리기만 할 뿐 센카쿠열도에는 접근조차 하지 못하고 있다.

오히려 자꾸만 뒤로 물러나야만 했다. 중국 함정 10여 척이 병풍처럼 늘어서서 서서히 밀고 들어오며 무력 시위를 하고 있기 때문에 충돌하지 않으려면 물러날 수밖에 없는 상황이다.

* * *

일본 열도가 발칵 뒤집혔다.

일본 건국 이후 처음으로 1억 3천만 인구가 입을 모아서 똑같은 목소리를 냈다.

센카쿠열도를 무력으로 점령한 중국군을 자위대를 출동시켜서 즉각 섬멸해야 하며, 필요할 경우에는 중국과 전쟁도 불사한다는 내용이다.

그것은 일본자위대의 불순한 무리가 대한민국의 독도를 무력으로 점령했을 때 대한민국 국민들이 터뜨린 분노와 비슷한 광경이었다.

일본 국회의원들도, 그리고 모든 정치가와 각계의 인사들도 반드시 중국에 보복해야 하며 센카쿠열도를 되찾아야 한다고 입을 모아 외쳤다.

일찍이 일본 열도가 이렇게 한마음 한뜻으로 일심 단결됐던 예는 한 번도 없었다.

그런데 중국에서는 일본하고는 정반대의 상황이 전개되고 있었다.

중국은 온 나라가 그야말로 축제 분위기에 휩싸였다. 자국군이 댜오위다오 열도를 무력으로 점령해서 중국 영토로 삼았다는 소식에 13억 국민이 거리로 뛰쳐나와 환호와 열광의 도가니에 빠졌다.

그래서 일본자위대가 댜오위다오 열도를 탈환하려고 군대를 보내오면 단숨에 격파시키고, 한 걸음 더 나아가서 중국 인민해방군이 일본 열도까지도 공격하여 점령해서 그 옛날 일본이 중국을 침략했던 일을 복수하자면서 허황된 꿈에 부풀어 날뛰었다.

중국 국민들은 빈부의 차이가 극심해서 일인당 GDP가 4천 달러 선에 머물러 있어도 중국이 강대국이 됐다는 자긍심 하나만은 어느 나라 국민들보다 대단했다.

그런 탓에 작금의 중국 국민은 자신들의 유일한 적수는 미국뿐이라고 공공연하게 떠들고 다닌다. 그러므로 그들에게 일본이나 대한민국 따위는 안중에도 없다.

반면에 같은 시간의 베이징에 위치한 중국 지도부는 대혼

란에 빠져 있었다.

지도부로서는 아무것도 모르고 있는 상황에서 느닷없이 난징군구 소속 해군과 공군이 센카쿠열도를 무력으로 점령했다는 보고가 들어오자 도대체 어떻게 된 일인지 진위를 파악하느라 허둥지둥했다.

그런데 잠시 후에는 또 다른 보고가 날아들었다. 러시아 연방육군 동부군관구 제2기갑사단과 제16경보병사단이 헤이룽장성 아무르 강 중러 국경을 넘어 남진하고 있다는 청천벽력 같은 내용이었다.

액면 그대로 보자면 러시아가 야음을 틈타서 중국 국경을 넘어 침공한 것이다.

하지만 중국 지도부는 러시아의 갑작스런 침공에는 반드시 무슨 이유가 있을 것이라 냉철하게 추측하고 신속한 조사를 명했다.

그 결과 중국군 난징군구 예하 일 개 분대가 아무르 강을 건너 러시아 마을을 습격하여 주민들을 무차별 살해했다는 것과 그 지역에 주군하고 있는 중국군 방공 시스템이 러시아 공격 헬기를 격추시켰다는 사실이 드러났다.

그것은 국경 분쟁의 차원을 넘어선 명백한 중국군의 선제 침공이었다.

변명의 여지가 없었다. 중국은 너무도 뚜렷한 전쟁의 빌미를 제공한 것이다.

하지만 이대로 방치했다가는 러시아군이 헤이룽 장성을 무차별 짓밟고 말 것이다.

중국 지도부는 무조건 백배사죄하고 어떤 보상이라도 해야 한다는 방침을 굳히고 러시아 정부와 접촉했다.

그런데 어찌 된 일인지 어떤 방법으로도 러시아 정부와의 접촉이 이루어지지 않았다.

전화는 물론이고 핫라인조차도 먹통이었다. 러시아 정부 쪽에서 일방적으로 중국과의 모든 연결을 차단해 버린 것이 분명했다.

중국 지도부는 이번 사태로 인해서 러시아 정부가 단단히 틀어졌다는 사실을 짐작했다.

난징군구가 센카쿠열도를 무력으로 점령했다는 어이없는 사건에 이어서, 선양군구가 러시아와의 국경을 넘어서 민간인을 학살하고, 그것 때문에 출격한 러시아 공격 헬기를 미사일로 격추시킨 사건은 중국 지도부로서는 추호도 예상하지 못했던 일이다.

하지만 이때까지도 중국 지도부는 두 사건이 누군가에 의해서 사전에 철저하게 준비된 계획하에 일어났다는 사실을 짐작조차 하지 못했다.

더구나 이것이 대재앙의 시작이며, 이로 인해서 단 한 차례도 나라를 뺏겨본 적이 없는 중국이라는 나라가 지구상에서 영원히 사라질 것이라는 사실은 꿈속에서조차도 상상하지 못하고 있었다.

*　　*　　*

대한민국 서울 다물 내본부로 여러 보고가 빗발치듯이 속속 날아들고 있었다.

중국군의 일본 센카쿠열도 무력 점령과 중국군의 러시아 마을 주민 학살 사건이 성공했으며, 뒤를 이어 일본 정부와 국민들의 격렬한 반응, 그리고 러시아군의 즉각적인 중국 국경 돌진 상황 등이 보고되자 내본부에 있던 사람들은 작은 기쁨의 탄성을 터뜨렸다.

그러나 이제부터 시작이다. 중국이라는 거인을 난도질하려는 목적에 이제 겨우 손가락 하나를 비틀었을 뿐이다.

연달아가 신경을 곤두세우고 있는 일은 다른 것이다.
원래 숲에 불을 지르면 모든 짐승들이 밖으로 튀어나오게 마련이다.
그는 다물이 중국을 들쑤셔 놨으니까 숨어 있던 묵인자가 나타나지 않을까 신경을 쓰고 있는 것이다.

묵인자와 그가 이끄는 묵인군단은 대고구려 제국 건국 작전을 실행하는 데 있어서 최대의 걸림돌이다.

아니, 때에 따라서는 걸림돌 정도가 아니라 그들로 인해서 쓰디쓴 실패를 맛볼 수도 있다.

연달아는 다물 중국팀과 오철기단에게 묵인군단의 움직임을 주시하되 묵인자가 모습을 드러내는지에 대해서 촉각을 곤두세우라는 명령을 내려두었다.

그러나 지금까지는 묵인자가 나타났다는 보고가 일체 없다. 아직은 시기상조일지 모른다. 하지만 연달아는 묵인자가 반드시 나타날 것이라고 믿었다.

자신의 조국 중국이 풍비박산되고 있는데 가만히 앉아 있을 묵인자가 아니다.

연달아는 얼마 전에 의무려 산에서 묵인자를 단 한 번 마주쳤으며 또 싸워봤지만 마치 오랜 숙적이었던 것처럼 잘 알고 있다.

그것은 그가 당태종 이세민이기 때문이다. 그가 제아무리 1350여 년을 살아온 늙은 이무기라고 하지만, 연달아는 이세민에 대해서 누구보다도 잘 안다.

고구려 무장이라면 누구나 위대한 적장이며 현명한 황제였던 당태종 이세민에 대해서 많은 공부를 했다.

묵인자의 뿌리는 이세민이다. 그러므로 뛰어봐야 부처님,

아니, 연달아 손바닥의 손오공 신세일 뿐이다.

연달아는 이번에 묵인자를 발견하면 무슨 수를 써서라도 기필코 그를 죽일 생각이다.

어떤 이유에서든 묵인자를 제압해서 살려두는 것은 생각조차 하지 않는다. 악의 뿌리는 반드시 발본색원해야 한다.

그렇게 해야지만 대고구려 제국을 건국하더라도 이후에 안심할 수가 있다.

그가 살아 있으면 무슨 짓을 할지도 모른다. 전 세계를 제패할 음모를 꾸미고 있는 자가 아닌가.

"군왕 전하, 여황 폐하."

여황호위군 대장 조형구가 소파에 나란히 앉아 있는 연달아와 고방아 등에게 다가와 공손히 허리를 굽혔다.

"중국군 광저우군구 예하 남해함대가 필리핀 스카보러 섬을 공격했습니다."

"앗싸!"

연달아 옆에 찰싹 붙어 있던 아랑이 주먹 쥔 손을 흔들며 환호성을 질렀다.

조형구의 보고가 이어졌다.

"그 과정에서 중국군 남해함대 구축함이 미사일로 필리핀 구축함을 격침시켰습니다. 그 일로 구축함에 타고 있던 필리핀 해군 230여 명이 전멸했습니다."

아랑은 희희낙락했다.
"그놈들, 일을 제대로 해냈구나!"
"그로 인해서 무고한 필리핀 해군들이 죽었다."
"에?"
연달아의 지적에 아랑은 찔끔했다.
"무고한 사람들이 죽는 일은 될 수 있는 대로 없도록 하라고 했건만……."
그런데 강경파인 고방아마저 중국군을 꾸짖는 듯한 표정을 지으며 중얼거렸다.
보고를 끝낸 조형구는 물러가지 않고 머뭇거렸다. 그의 태도로 봐서는 아직 보고가 남아 있으며, 방금 보고한 것보다 더 큰 사건이라는 예감이 들게 했다.
"보고하라, 조형구."
연달아의 말에 조형구는 움찔하고 나서 조심스럽게 말문을 열었다.
"중국군 남해함대가… 필리핀 수빅 항에 정박해 있는 미국 제7함대를 급습했습니다."
"뭐야?"
고방아는 놀라서 벌떡 일어나며 소리를 질렀다.
조형구는 그게 자기 잘못이나 되는 듯 당황해서 보고를 이을 엄두를 내지 못했다.

"맙소사, 미 제7함대를 공격하다니! 걔네들, 미친 거 아냐? 제정신이냐고?"

웬만한 일로는 끄떡도 하지 않는 고방아마저도 놀라서 입을 다물지 못했다.

고선우가 차분하려고 애쓰면서 미 제7함대에 대해서 조용히 설명했다.

"7함대는 '평화를 위해 준비된 힘'이라는 슬로건을 내걸고 있으며, 미국 함대 중 규모가 가장 크며 일본 요코스카 항에 영구적으로 배치되어 있습니다. 7함대의 임무는 크게 세 가지인데, 그중 가장 큰 것이 '한반도 방어'입니다."

고선우는 7함대에 대해서 노트북에 띄워놓은 화면을 보면서 한 번 숨을 크게 쉬었다가 말을 이었다.

"7함대는 원자력 항공모함 조지워싱턴호 한 척을 중심으로 지휘함 한 척, 순양함 두 척, 구축함 일곱 척, 상륙함 네 척, 공격 원자력 핵잠수함 세 척, 잠수함 지원함 한 척, 소해함 세 척 등으로 이루어져 있습니다. 참고로 조지워싱턴호에는 90여 대의 전투기 등 각종 항공기가 탑재되어 있습니다. 만약 고강도 전쟁이 7함대 관할 지역 내에서 발발했을 경우에는 최대 네 개 항모타격단을 비롯한 추가적인 전력을 예하로 배속받아서 작전하게 되어 있습니다."

"그런데?"

고방아는 조형구를 보며 자못 긴장된 표정으로 물었다.
"짱깨들이 어떻게 했다는데?"
"스카보러 섬에서 234km 떨어진 수빅 항의 7함대에 150발의 미사일을 발사했습니다."
"미… 친놈들!"
이가 시린 듯이 중얼거리는 고방아뿐만 아니라 모두의 안색이 크게 변했다.
말이 미사일 150발이지 웬만한 도시 하나를 흔적도 없이 초토화시킬 수 있는 엄청난 화력이다. 모두들 할 말을 잃고 어이없는 표정을 지을 뿐이다.
그때 아랑 옆에 다소곳이 앉아 있는 을지은한이 나직한 목소리로 조형구에게 물었다.
"그래서 어떻게 됐나요?"
"7함대에 속해 있는 두 척의 이지스함에서 즉각 이지스 방공 레이더를 작동했으며, 요격 미사일을 발사하여 149발을 공중에서 요격시키고 나머지 한 발은 불발탄으로 바다에 떨어졌습니다."
"엥?"
아랑은 눈을 동그랗게 떴다.
"요격이 뭐야?"
"미사일이 목표물에 적중되기 전에 공중에서 폭발시켜 버리는 것입니다."
 "괴, 굉장하잖아? 이지스함이라는 거! 중국 놈들은 7함대를 건드리지도 못했어!"
 아랑은 손뼉을 치면서 신기해했다.
 조형구가 계속 보고했다.
 "7함대는 그 즉시 출동하여 현재 스카보러 섬을 향해 전속항진하고 있는 중입니다. 중국군 남해함대를 상대하려는 것 같습니다."
 고방아가 물었다.
 "항모 조지워싱턴에서 전투기들이 발진했겠지?"
 "그렇습니다. 조지워싱턴호의 함재기 90여 대 중에서 50대가 일제히 출격했습니다."
 "과연 미국이로군."
 고방아는 고개를 끄덕이며 흡족한 표정을 지었다.
 "일본은 공격을 당해도 이것저것 다 재보고 검토하고 회의하느라 시간을 다 뺏기지만, 미국은 공격받으면 그 즉시 열 배, 백 배로 반격한다니까!"
 아랑은 신바람이 나서 두 팔로 연달아의 팔을 부둥켜안은 채 발을 동동 굴렀다.
 "중국 놈들, 잠자는 호랑이의 수염을 뽑은 거야. 이제 걔들, 큰일 났어. 헤헤헷!"

그때 상황실 저쪽에서 상황요원 한 명이 일어나 연달아 쪽을 향해 공손한 자세로 외쳤다.

"군왕 전하, 중국군 청두군구 집단군과 기갑사단이 거의 동시에 베트남과 인도 국경을 침범하여 파죽지세로 돌진 중이라는 보고입니다!"

연달아는 상황요원에게 손을 들어 보이며 고개를 끄덕였다.

"알았다."

소파 끝 쪽에 앉아 있는 연정토가 긴장된 표정으로 연달아에게 말했다.

"이제 북한이 남았습니다."

"그보다……."

연달아의 맞은편에 앉아 있는 보장태왕이 손을 들어 연정토의 말을 제지했다.

"중국의 핵무기는 어떻게 되었나?"

그 질문에 고선우가 대답했다.

"중국은 2013년 현재 300여 기의 핵무기를 보유하고 있습니다. NPT(핵 확산 금지조약)가 인정하는 핵 보유 5개국에 속해 있으며, 중국은 '핵무기로 절대 선제공격을 하지 않는다'고 선언한 유일한 국가입니다."

보장태왕은 고개를 흔들었다.

"자네 같으면 조국이 풍비박산되는 상황에서 핵무기를 사용하지 않을 텐가?"

고선우는 얼굴을 붉히면서 공손히 보고했다.

"그런 뜻이 아니었습니다. 죄송합니다. 중국의 핵무기는 오철기단이 확실하게 처리했습니다."

"처리했다? 무슨 뜻인가?"

"폐기시킨 것입니다."

"폐기?"

"네. 중국의 핵무기 300여 기는 모처에 분산 배치되어 있을 뿐이지 고철입니다. 발사되지도 않을뿐더러 핵탄두조차 떼어낸 상태입니다."

"깔깔깔깔! 중국이 나중에 위급 상황이 되면 그 고철 덩어리들을 핵무기랍시고 발사할 생각을 하면 웃겨 죽겠어! 안 그래, 아빠?"

아랑이 상체를 굽혀서 보장태왕의 무릎을 손바닥으로 두드리며 숨넘어가게 웃었다.

보장태왕은 그런 아랑을 보면서 빙그레 미소 지었다. 고방아가 그를 냉정하게 대하는 대신에 아랑은 그에게 매달려서 온갖 재롱을 피우고 애교를 부렸다.

그래서 그는 고방아에게서 받는 쓸쓸함을 아랑에게서 위로받을 수 있게 되었다.

연달아 등은 상황실 지휘부로 자리를 옮겼다.

그곳 한쪽 벽에는 가로 10미터가 넘는 초대형 벽걸이 TV가 설치되어 있었다.

그리고 그 맞은편에는 매우 긴 소파에 연달아와 고방아, 아랑 등 다물수호대와 보장태왕, 한상희 등이 길게 늘어앉아서 벽걸이 TV를 보고 있다.

TV 화면에는 극동아시아를 중심으로 한 세계지도가 나타나 있으며, 현재 진행되고 있는 각 지역의 상황들이 속속 각여러 가지 색으로 표시되고 있었다.

지도상으로 보면 센카쿠열도에서는 여전히 중국 난징군구와 일본 해상자위대가 대치해 있는 중이다. 그리고 헤이룽 장성 중러 전체 국경을 넘은 러시아군이 대싱안링 산맥과 소싱안링 산맥을 넘어 헤이룽 장성 한복판인 치치하얼과 이춘까지 남진하고 있었다.

중국 지도부가 중국군에게 전면전을 삼가고 최소한의 방어만 하라고 지시했기 때문에 중국군은 헤이룽 장성 전선 곳곳에서 뒤로 밀리기에 급급한 상황이었다.

중국 지도부는 러시아군에 반격을 하기 시작하면 걷잡을 수 없는 상황, 즉 군사대국 러시아하고의 전면전으로 번지는 사태가 될 것을 우려하고 있는 것이다.

러시아군은 추호의 저항도 받지 않은 상태에서 파죽지세로 밀고 내려왔다.

그러나 중국군이 계속해서 물러나는 것은 곧 한계에 부닥치게 될 것이다.

이대로 앉은 채 광활한 헤이룽 장성을 고스란히 러시아에게 내줄 수는 없다.

하지만 반격하면 전쟁이 벌어진다. 그때는 헤이룽 장성만이 아니라 중국의 북쪽 전체에서 러시아군이 해일처럼 쏟아져 내려올 것이다.

더구나 지금 중국은 센카쿠열도 때문에 일본하고도 일촉즉발의 순간에 처해 있다.

당장 일본이 선전포고를 하고 쳐들어온다고 해도 하나도 이상할 것이 없는 상황이다. 과연 일본이 언제 쳐들어오느냐 그것이 문제다.

그런 긴박한 상황에 러시아하고 전쟁이 벌어진다면 중국은 북쪽과 남쪽에서 각각 러시아와 일본을 상대로 이중전쟁을 벌여야만 한다.

이중전쟁을 벌이면 반드시 패한다는 사실은 제2차 세계대전 때 독일과 일본이 전철을 밟아서 이미 전쟁의 교과서처럼 굳어진 일이다.

중국으로선 코가 석 자, 아니, 열 자는 빠져 있다. 그런데 재수가 없으면 뒤로 넘어져도 코가 깨진다더니, 도대체 어떻게 된 일인지 조금 전에는 중국군이 필리핀 스카보러 섬을 무력으로 점령했으며, 수빅 항에 정박해 있던 미 제7함대에 미사일을 무려 150발이나 퍼부었다는 것이다. 꿈이다 싶을 정도로 어이없는 일이다.

중국 정부는 다급히 그 상황을 확인했으며, 이어서 미국 정부에 공식 채널을 통해서 사과를 표명했고, 어떤 희생과 대가라도 치르겠으니 제발 전쟁으로 비화되는 것만은 피해달라고 부탁, 아니, 애원했다.

중국 정부는 미 제7함대를 공격했던 광저우군구 예하 남해함대를 사실상 포기했다. 7함대를 건드렸으니 무사하길 비는 것이 우스운 일이다.

그래서 7함대가 남해함대를 전멸시키는 것으로 부디 모든 것을 용서해 주기를 원했다.

그것은 평소였다면 도저히 있을 수조차 없는 일이다. 중국은 무슨 일이 있어도 인민해방군을 버리는 일 따위는 하지 않는다.

무슨 억지를 부려서라도 사태를 정당화시키는 것이 지금까지의 그들의 야비한 술책이었다.

하지만 지금 같은 상황에서 러시아와 일본에 이어서 세계 최강의 전력을 지니고 있는 미국까지 적으로 돌린다면 중국은 그야말로 파국이다. 어떻게 손을 써볼 방법도 없이 공중분해되고 말 것이다. 그래서 어쩔 수 없이 남해함대를 포기하려는 것이다.

중국 지도부는 현재 총체적 난국에 처해 있는 상황이다. 중국 그 자체라고 할 수 있는 인민해방군을 도무지 통제하지 못하는 상황에 처해 있기 때문이다.

현재 중국 지도부는 허수아비로 전락했다. 중국 7대군구는 명령 체계도 없이 제멋대로 국경을 넘어 주변국들을 공격하고 있으며, 영토 분쟁에 있는 섬들을 마구잡이로 무력 침공하여 점령하고 있다.

그러므로 지금으로선 중국 지도부가 할 수 있는 일이라곤 피해를 입힌 국가에 무조건 머리를 조아리고 백배사죄하는 한편 지금이라도 고삐 풀린 망아지 같은 7대군구에 대한 지휘권을 되찾는 것이 시급하다.

지금 중국이라는 열차는 브레이크가 고장 난 상태로 가파른 내리막길을 곤두박질쳐서 내려가고 있는 중이다. 그리고 그 밑바닥에는 불구덩이 지옥이 도사리고 있다.

"드디어 북한이 시작됐습니다."

다물 내본부 상황실장이 다가와서 정중히 허리를 굽히고 나서 리모컨을 조작하자 대형 TV 오른쪽 절반에 새로운 영상이 나타났다.

화면에는 압록강 하류 위에 놓여 있는 중국 단둥과 신의주를 잇는 조중우의교로 중국군 기갑사단의 탱크와 장갑차, 자주포들이 꼬리를 물고 신의주 쪽으로 진주하고 있는 광경이 선명하게 나오고 있었다.

조중우의교 신의주 쪽 검문소에서 북한군 몇 명이 앞을 가로막다가 돌진해 오는 탱크를 보고 몸을 날려 피하는 모습이 보였다.

내본부 상황실장이 보고했다.

"중국군 선양군구 기갑사단이 조중우의교를 넘어 신의주로 진격하고 있는 실시간 상황입니다."

이제는 시나리오고 뭐고 필요가 없다. 중국군이 미치광이가 된 것처럼 이웃하고 있는 주변국들을 닥치는 대로 공격하고 있는 것이다. 이제는 혈맹관계에 있는 북한마저도 짓밟으려 하고 있다.

전쟁을 일으키기만 하면 되므로 이제 와서 구태여 구구절절한 시나리오 따윈 오히려 거치적거릴 뿐이다.

연달아가 진지한 얼굴로 물었다.

"북한군 상황은 어떤가?"

"중국군 공격에 대비하여 만반의 준비를 갖추고 있습니다. 곧 압록강을 건넌 중국 기갑사단은 북한군에 포위되어 괴멸될 것입니다."

"북한의 대 중국 공격 준비는 완료되었나?"

"그렇습니다."

상황실장은 대형 TV 우측에 새로 나타난 북한의 중국에 대한 가상 공격 영상을 가리키며 설명했다.

"10분 후부터 한 시간 사이에 북한의 미사일 300여 기가 랴오닝성의 이곳과 이곳, 이곳으로 발사되어 타격하고, 더불어서 지린성의 이곳과 이곳 등 도합 37곳의 군사기지를 초토화시킬 예정입니다."

연달아는 턱을 쓰다듬으며 고개를 끄덕였다.

"흠. 동북삼성에는 조선족들이 많이 거주하고 있으므로 각별히 주의하도록."

"단단히 일러두었습니다."

이번에는 연정토가 설명했다.

"러시아군은 헤이룽 장성을 거의 장악하게 되는 내일 정오쯤 점령 지역을 북한군에게 인계하는 즉시 아무르 강 너머로 철수할 계획입니다."

연정토와 푸틴이 서로 입을 맞춘 계획은 이렇다. 중국군이 국경을 침범하여 민간인을 학살하고 공격 헬기를 격추시킨 아무르 강 쪽으로 러시아군이 침공하여 단기간 내에 헤이룽 장성을 점령했다가 철수하면서 자연스럽게 헤이룽 장성을 북한군에게 넘겨준다.

이후 러시아군은 전혀 다른 지역인 중앙부의 몽골과 서북부의 카자흐스탄을 가로질러서 중국 본토로 진군하여 본격적인 전쟁에 돌입한다.

러시아는 베이징을 포함한 황하(黃河) 이북 지역 전역을 점령하는 것을 목표로 모든 전력을 쏟아부을 것이다. 그 지역은 한반도 크기의 일곱 배 이상 되는 엄청난 면적이며 기름진 땅이다.

러시아는 이미 몽골과 카자흐스탄에 러시아군이 통과할 수 있도록 양해를 구해놓은 상태다.

모든 일은 빈틈없이 착착 진행되고 있는데 중국만 아무것도 모르고 있는 것이다.

그때 여황호위군 대장 조형구가 한쪽 벽을 가리키며 연달아에게 외치듯 보고했다.

"군왕 전하, 북한 김정남입니다!"

한쪽 벽 TV 화면에 말쑥한 정장을 입은 김정남의 모습이 나타났다.

그는 김일성과 김정일이 즐겨 입던 인민복은 일체 입지 않았으며 측근과 모든 사람들에게 정장이나 편안한 옷을 입도록 권장했다.

"전하, 건강하십니까?"

TV 화면에 나타난 김정남은 전보다 살이 많이 빠져서 헌칠

한 모습이 되었다.

하지만 매우 명랑하게 인사를 건네며 공손히 허리를 굽혀 예를 취했다.

그의 모습에서 예전 같은 우울함은 찾아보기 어려웠고, 그 대신 자신감이 넘쳐 보였다.

연달아는 미소 지으며 고개를 끄덕였다.

"잘 있었나?"

"하하하! 저야 전하 덕분에 매일 고생만 죽도록 하고 있습니다! 살 빠진 것 좀 보십시오!"

그동안 다물과 대한민국, 그리고 미국을 위시한 국제사회에서 북한에 보내준 막대한 물량의 생필품들은 김정남의 일사불란한 지휘 아래 조금도 빼돌리지 않고 모두 북한 주민들에게 골고루 배급해 주었다.

그 결과 북한 주민들은 조선민주주의 인민공화국 창건 이래 최고의 풍족함과 행복을 만끽하고 있는 중이다.

"전하, 현재 전군이 압록강과 두만강, 그리고 서해를 건너 중국으로 진군하고 있습니다!"

보고를 하는 김정남의 목소리에는 잔뜩 힘이 실렸으며 신바람이 났다.

"서해를 왜 건너?"

연달아는 의아한 표정을 지었다. 동북삼성을 점령하기 위해서는 북한군이 서해를 건널 이유가 없기 때문이다.

김정남은 주먹을 불끈 쥔 손을 흔들며 설명했다.

"우리 해군이 서해를 건너 발해만으로 치고 들어가서 산해관에 상륙하여 후퇴하는 중국군의 퇴로를 차단할 계획입니다. 그래서 중국군을 동북삼성에 몰아넣어 몰살시키는 겁니다. 어떻습니까?"

김정남의 표정은 의기양양했다. 자기가 멋진 작전을 생각해 냈으므로 칭찬해 달라는 소리다.

그러나 연달아는 칭찬을 해주기는커녕 오히려 김정남을 가벼이 꾸짖었다.

"궁서설묘(窮鼠囓猫), 쥐도 궁지에 몰리면 고양이를 무는 법. 그리되면 포위망에 갇힌 중국군이 사력을 다해서 저항할 것이고, 북한군이든 동북삼성의 조선족이든 사상자가 많이 나올 것이다. 싸우지 않고 이기는 것이 진정한 승리다. 퇴로를 차단하지 말도록 하라."

"그… 렇군요. 죄송합니다."

김정남은 중국군을 되도록 많이 죽여야 한다는 욕심 때문에 자신의 생각이 짧았음을 깨달았다. 그는 고집을 꺾을 줄도 아는 장점을 지니고 있었다.

"서해 쪽 해군은 즉시 철수시키겠습니다."

"잠깐."

김정남의 공손한 말에 문득 연달아는 손바닥을 펴서 뻗으며 제지했다.

그리고는 그는 곧 심각한 표정으로 뭔가 골똘하게 생각하기 시작했다.

모두들 긴장된 표정으로 연달아를 주시하며 침묵을 지켰다. 이런 중요한 시기에 그가 뭔가를 진지하게 생각한다면 매우 중요한 문제임이 분명하다.

사실 연달아는 김정남의 말을 듣고 문득 욕심이 생겼다. 아니, 그 생각은 예전부터 마음속에 품고 있었는데 김정남 때문에 다시 돌출된 것이다.

다물이 주체가 되어 대한민국과 북한, 그리고 주변국들과 미국, 러시아의 지원을 받아서 중국을 공격하는 일은 이후 지구상의 역사가 끝날 때까지는 두 번 다시 일어나지 않을 대사건이다.

즉, 대한민국에게는 지금이 천재일우의, 그리고 단 한 번뿐인 절호의 찬스라는 뜻이다.

그래서 연달아는 이 기회에 중국, 아니, 그 옛날부터 중원(中原)으로 불리던 중국 본토를 장악해서 대한민국의 영토로 삼으면 어떨까 하고 무던히도 고심했었다.

그런데 김정남의 말을 듣고는 고심을 지금 또다시 하고 있는 것이다.

그는 그 생각을 아직 아무에게도 말한 적이 없다. 그저 혼자만 마음속에 담아두고 가끔씩 생각했을 뿐이다.

그렇게 침묵 속에 5분이 흘렀다. 지금 같은 급박한 상황에서의 5분은 마치 다섯 시간처럼 지루하게 여겨졌다. 하지만 아무도 연달아의 생각을 방해하지 않았다.

결국 그는 결론을 내렸다. 그냥 초심대로 동북삼성을 되찾는 것으로 만족하기로 마음먹었다.

러시아하고 밀약한 아무르 강까지 대한민국의 국경으로 삼는다면 그것만으로 한반도의 다섯 배에 달하는 면적이다. 그래서 그 정도면 됐다고 생각했다.

원래 과욕이 화를 부르는 법이다. 세계를 정복하려고 했던 동서양의 영웅들도 조금 더, 조금 더를 외치며 스스로의 정복욕에 만족하지 못하다가 결국 비참한 최후를 맞이하지 않았는가. 그것을 거울로 삼아야 한다.

물이 위에서 아래로 흐르는 것이 순리다. 순리에 어긋나면 절단 나고 마는 것이다. 지금까지 순리에 역행해 온 중국이 그런 파국에 처하지 않았는가.

태곳적부터 한민족의 오랜 숙적이었던 중국이 공중분해되어 사라진다.

그리고 대한민국은 옛 고구려의 영토를 모두 되찾게 되어 대국으로 부상할 것이다.

그거면 충분하다. 중국이 지구상에서 사라지는 것만으로도 만족할 수 있다.

연달아는 생각을 끝내고 TV 화면의 김정남에게 명령했다.

"군대를 서해에서 철수시키지 말고 중국군 함대가 요동 남쪽 항구로 접근하지 못하도록 방어하게."

"알겠습니다."

기왕지사 출동시킨 북한 해군을 좀 더 유용한 쪽으로 이용하자는 것이다.

제78장

통일 대한민국

RUNNER
런너

오철기단에게서도 다물 중국팀에게서도 묵인자에 대한 보고는 들어오지 않았다.

그것 때문에 연달아를 비롯한 다물수호대는 한순간도 긴장을 늦추지 못하고 있었다.

중국이 전쟁의 소용돌이 한가운데에서 지옥으로 곤두박질치고 있는 판국에 묵인자가 쥐 죽은 듯이 있다는 사실이 이상했다.

그래서 그 고요함이 연달아를 불안하게 만들었다. 묵인자는 무언가를 꾸미고 있는 것이 분명했다. 그것이 무엇인지 모르기에 더욱 불안했다.

훗날 제3차 세계대전으로 명명된 이 전쟁이 발발한 지 하루가 지났다. 하지만 그 하루 사이에 실로 많은 일이 벌어지고 또 많은 변화가 생겼다.

그중에서도 가장 큰 사건이 개전 하루가 지난 2월 25일 아침에 대한민국 서울 한복판에서 일어났다.

서울 여의도 국회의사당 광장에서 대한민국 제18대 대통령 취임식이 거행되었다.

그런데 이명훈 대통령이 취임 선서를 마친 직후에 그곳에 운집한 모든 사람들과 대한민국 전 국민이 기절초풍할 만한 일이 일어났다.

조선민주주의 인민공화국 최고지도자 동지인 김정남이 난데없이 그곳에 나타난 것이다.

TV를 지켜보고 있던 국민들은 자신들의 눈을 의심했다. 아니, 처음에는 그가 김정남인 것을 알아보지 못했다. 그가 서울 한복판에, 그것도 대통령 취임식에 나타날 리가 없기 때문이다.

대한민국 전 국민이 TV 화면 앞에 모여들어 더없이 긴장된 표정을 지으며 이명훈 대통령과 나란히 서 있는 김정남을 주시했다.

아니, 대한민국 국민들만이 아니라 대통령 취임식을 취재하러 몰려온 외국 방송사에 의해서 이 소식은 즉시 전 세계로 전파를 타고 거미줄처럼 퍼져 나갔다.

그런데 그때 천지개벽 같은 일이 일어났다. 이명훈 대통령과 김정남 최고지도자가 다정하게 손을 잡더니 머리 위로 들어 올리면서 입을 모아 힘차게 외치는 것이 아닌가.

"우리 두 사람은 지금 이 자리에서 대한민국과 조선민주주의 인민공화국이 단일국가 대한민국으로 통일되었음을 선포합니다!"

2월 25일 오전 11시 30분을 기해서 남북한, 즉 대한민국과 조선민주주의 인민공화국의 정부 수반이 전격적으로 합의하여 단일국가 대한민국의 탄생을 선언했다.

과거 서독과 동독이 통일되어 거대 독일을 탄생시키는 것보다 더 극적인 상황이었다.

지구상에 존재하는 유일한 분단 국가였던 남북한이 통일을 이루어 단일국가 대한민국이 되었다는 소식은 전 세계를 발칵 뒤집어놓기에 충분했다.

누가 뭐라고 해도 이 역사적인 사건을 제일 기뻐한 사람들은 남북한 국민들이었다.

대한민국의 방송사들과 북한의 조선 중앙 텔레비전이 동

시에 생방송으로 내보낸 이날의 소식을 접한 남북한의 국민들은 너무나도 기쁜 나머지 통곡하고 울부짖으면서 거리로 뛰어나와 생면부지의 사람들과 손에 손을 맞잡고 덩실덩실 춤을 추었다.

온 나라 온 도시가 기쁨에 겨워서 울고 웃으며 감격을 소리 높여 외치며 목이 쉬도록 노래 불렀다.

2월 25일은 민족 최대의 경축일이 되었다. 남북한이 단계적 통일을 이룬 것도 아니고 말 그대로 하루아침에 전격적인 통일을 이룬 것이다.

제일 첫 번째로 한반도 허리를 동강낸 155마일 휴전선을 오늘부터 당장 철거하기로 했다.

또한 한 달 내로 남북한 국민들이 자동차나 도보, 항공기, 선박 등 어떤 수단을 써서라도 남과 북으로 자유롭게 오갈 수 있게 된다니 그야말로 꿈만 같은 일이다.

이명훈 대통령과 김정남 최고지도자의 일성이 남북한 통일이었다면, 두 사람이 입을 모아서 외친 제이성(第二聲)은 남북한 군대가 단일 군대를 이루어서 대 중국전을 선포했다는 사실이다.

"진격하라! 중국으로!"

* * *

2월 25일 오후 2시. 대한민국 정부가 일본 정부에 정식으로 파병을 요청했다.

일본 정부는 2012년 9월 16일에 양국 정상의 합의에 의해서 체결된 한일군사협정의 요강(要綱)에 따라서 즉시 자위대를 파병하기로 결정했다.

사실상 이 전쟁은 대한민국이 고구려의 옛 고토를 되찾으려는 성스러운 전쟁, 즉 성전(聖戰)이며, 일본은 북방 네 개 섬을 비롯하여 쿠릴열도와 사할린을 할양받을 수 있는 축복의 전쟁, 즉 축전(祝戰)이었다.

이미 만반의 준비를 갖추고 있던 일본자위대는 발 빠르게 전쟁에 참전했다.

일본 해상자위대 여섯 척의 이지스함을 비롯한 거의 모든 구축함과 순양함, 호위함 백여 척이 일본의 각 기지를 출발하여 대한민국의 서해와 서남해로 이동했다.

또한 일본 항공자위대의 전투기와 전폭기 200여 대가 거의 동시에 일본을 발진하여 대한민국 대구, 예천, 포항, 오산기지에 착륙하여 대한민국 공군에 속속 합류했다.

일본 육상자위대 기갑사단과 보병사단은 상륙함을 타고 서해와 동해를 북상하여 요동과 나진, 선봉으로 향했다.

그 와중에 센카쿠열도를 무력으로 점령했던 중국 해군은

슬그머니 물러났다. 전쟁의 불씨만 지펴놓고는 어디론가 사라져 버린 것이다.

바야흐로 전쟁은 점차 제3차 세계대전의 양상으로 커져가기 시작했다.

* * *

마침내 일본의 참전에 이어서 대한민국의 영원한 혈맹 미국이 참전을 결정했다.

우선 필리핀 스카보러 섬에서 중국군 난징군구 소속 남해함대를 괴멸시킨 미 제7함대가 곧장 동중국해로 항진하며 중국 본토로 향했다.

그리고 대한민국에 주둔하는 주한미군과 일본의 주일미군이 최첨단 무기들을 이끌고 전장으로 향했다.

또한 미국 본토에서 함대와 전투 병력들이 속속 대한민국을 향해서 출발했다.

한, 미, 일 3국은 역사상 최초로 연합군을 형성하여 대 중국전에 나섰다.

대한민국이 중국의 침공을 받아서 반격을 하게 되고, 일본이 참전을 한 데에는 그럴 만한 이유가 충분히 있었다.

하지만 미국도 두 나라 못지않게 참전의 분명한 이유와 큼

직한 실리가 있다.

  미국의 참전 이유는 미국이 대한민국, 일본과 혈맹관계에 있다는 사실이다.

  그리고 미국이 얻게 될 실리는 장차 미국을 앞질러서 초강대국이 될지도 모르는 중국을 이 기회에 아예 지구상에서 영원히 사라지게 만든다는 사실이다.

*   *   *

  인도와 파키스탄, 베트남, 라오스, 태국, 미얀마, 네팔, 우즈베키스탄, 카자흐스탄 등 중국과 국경을 접하고 있는 나라들이 일제히 반격을 개시했다.

  중국군에 의해서 국경을 침공당했던 그 나라들은 거의 동시에 전력을 쏟아 중국군을 격퇴시키면서 중국 영토 내로 밀려들어 갔다.

  다물은 특사를 파견하여 이미 그들 나라의 정상들하고 밀약이 되어 있는 상태다.

  전쟁이 발발하게 되면 각 나라들이 능력이 닿는 데까지 최대한 중국을 공격하여 영토를 점령하라는 것이다.

  그러면 그 땅이 모두 그들 나라의 영토가 되는 것으로 합의를 봤다.

그렇기 때문에 각 나라들은 한 뼘이라도 더 중국 영토를 차지하기 위해서 각축전을 벌이고 있다.

더구나 어찌 된 일인지 막강한 중국군이 변변히 저항조차 하지 못하고 연전연패를 거듭하면서 뒤로 밀리고 있으니 각 나라들은 신바람이 났다.

베트남은 모든 전력을 쏟아부어 북동진하면서 중국 서남부의 구이저우성 성도인 구이양을 비롯하여 난닝 등 구이저우성 거의 대부분을 장악했다.

국경을 접하고 있는 태국과 라오스는 일제히 북진하여 윈난성을 짓밟았다.

동쪽의 베트남이 발 빠르게 구이저우성을 공격하여 거의 점령을 하고 있는 상황이기 때문에 태국과 라오스의 선택은 윈난성뿐이다.

구이저우성을 한 귀퉁이라도 차지하려면 베트남하고 싸워야 하는 상황이다. 하지만 베트남군이 워낙 막강해서 엄두도 내지 못한다.

토지가 비옥한 구이저우성보다는 못하지만 그래도 윈난성은 인도차이나 북부의 아무짝에도 쓸모가 없는 밀림보다는 백 배, 아니, 천 배 이상 좋은 땅이다.

태국과 라오스는 중국군을 공격할 때는 서로 협력하고 또 영토를 넓힐 때는 반목을 거듭하면서 빠르게 윈난성을 점령해 나갔다.

　태국하고 서쪽에 국경을 접하고 있는 미얀마의 머리 위 북쪽은 부탄과 해발 6, 7천 미터의 대산맥들이 수천 km나 뻗어 있는 지역이다.

　아무것도 차지하지 못하는 것보다는 험준한 산악지대라도 차지하는 편이 낫다고 판단한 미얀마는 약소국가인 부탄을 그대로 통과하여 윈난성 서북부와 스촨성 남서부를 목표로 진군했다.

　인도와 파키스탄은 히말라야 산맥을 넘어 동북으로 진군하여 파죽지세로 중국 서쪽의 산악지대를 점령해 나갔다.

　그 과정에서 인도와 파키스탄은 길목에 놓여 있는 '세계의 지붕'이라고 일컫는 티베트와 마주치게 되었다.

　중국은 1950년 독립국가인 신비의 나라 티베트에 침공, 무력으로 점령하여 오늘에 이르고 있다.

　그러나 60여 년이 넘는 세월 동안 티베트인들은 중국으로부터의 독립을 외치면서 무수한 농성과 데모, 항쟁을 벌였으며 그 결과 수많은 티베트인들이 학살당했다.

　티베트의 정신적 지도자 달라이라마는 해외로 망명하여 전 세계를 떠돌면서 티베트 독립을 호소하고 있다.

　다물은 중국 내 소수 민족들에게 전쟁이 일어나면 일제히 봉기할 것을 요구했었다.

그들이 각자의 나라를 세울 수 있도록 최대한 지원과 협력을 아끼지 않겠다고 약속했다.

이른바 다물은 중국 내에서 짧게는 수십 년에서 길게는 수천 년 동안 억압을 받아온 소수 민족들을 해방시키려는 구세주인 셈이다.

인도와 파키스탄은 다물과 약속한 대로 티베트를 건드리지 않았을 뿐만 아니라 티베트의 오랜 숙원이던 독립을 시켜주었다.

중국 서북부의 국경을 접하고 있는 우즈베키스탄과 카자흐스탄, 타지키스탄, 키르키즈스탄 등 국가들도 이런 절호의 기회를 절대로 놓치지 않았다.

과거 소련연방이었다가 독립을 한 그 나라들은 비록 군사력은 약하지만 일제히 중국과의 국경을 넘어 한 뼘의 영토라도 더 차지하려고 전력을 쏟았다.

이 전쟁에는 섬나라 필리핀도 참전했다. 중국군에 의해서 스카보러 섬에서 구축함이 피격당한 필리핀은 보복과 보상을 동시에 얻어내려는 생각에 즉시 군대를 파견하여 구이저우성 남쪽 해안에 상륙했다.

하지만 이미 구이저우성 전역은 베트남군이 장악했기 때문에 필리핀으로서는 어찌해 볼 도리가 없었다.

결국 필리핀은 구이저우성 남쪽의 하이난 섬을 차지하기

로 결정하고 그곳에 배수진을 쳤다.

베트남군이 하이난 섬을 차지하기 위해서 군대를 보냈지만 필리핀군은 결사항전의 자세로 한 발자국도 물러나지 않고 버텼다.

하이난 섬은 대만보다 조금 작은, 그러나 제주도보다 스무 배 이상 크고 비옥한 섬이다.

또한 필리핀이 하이난 섬을 차지하게 될 경우에 필리핀에서 하이난 섬까지의 1500km가 넘는 광대한 해역이 모조리 필리핀 영해가 되는 것이다.

그러므로 필리핀으로서는 죽으면 죽었지 절대로 물러설 수 없는 국운을 건 싸움이다.

대만도 이 절호의 기회를 놓치지 않았다. 같은 민족인 중국이 전쟁에 휘말려서 나라를 잃어버릴 상황에 놓여 있지만 대만은 냉철했다.

그들은 과거 중국 공산당에게 중국 본토를 뺏기고 쫓겨나 대만 섬에 정착해야만 했던 쓰라린 기억을 결코 잊지 않고 있었다.

대만은 오랜 세월 동안 중국의 침략 위협에 대비해 왔기 때문에 막강한 군사력을 지니고 있다.

필리핀 정도는 한나절 안에 쑥밭으로 만들어 버릴 수 있을 정도의 군사력이다.

중국을 돕는 것보다는 실리를 택하기로 결정한 대만 군대는 바로 코앞인 대만 해협을 건너 푸젠성에 상륙하여 거침없이 영토를 넓혀 나갔다.

그때 홍콩이 대만에 다급히 SOS를 보냈다. 베트남군과 필리핀군이 진격해 오고 있기 때문이다. 엄청난 부를 지니고 있는 홍콩과 마카오를 베트남이나 필리핀에게 뺏길 수는 없는 노릇이다.

대만 공군 전투기 수십 대가 즉시 홍콩으로 날아가 홍콩 국제공항을 기지로 삼아 베트남군과 필리핀군으로부터 홍콩 사수에 들어갔다.

베트남군과 필리핀군은 홍콩에 군침을 흘리고는 있지만 막강한 대만군을 상대로 피를 흘릴 자신이 없어서 슬그머니 물러났다.

이 기이한 형태의 전쟁은 마치 거대한 한 마리 공룡이 중상을 입고 주저앉자 수십 마리 늑대와 여우, 하이에나들이 몰려들어서 공룡을 뜯어 먹으려고 아우성을 치고 있는 상황과 비슷했다.

그러나 다물은 이 상황을 한 단어로 정의했다.

'땅따먹기' 다.

* * *

다물의 대고구려 제국 건국 계획의 마지막이자 결정판이 개전 사흘째 중국 곳곳에서 벌어졌다.

중국 내 소수 민족은 무려 56개 부족에 달한다. 중국인, 즉 한족의 인구가 가장 많으며, 그다음 두 번째가 좡족으로 1,600만여 명에 달한다. 세 번째 만주족과 네 번째 후이족, 먀오족, 위구르족, 투자족, 이족 등은 천만이 넘거나 거의 천만에 육박하고 있다.

다물은 소수 민족 중에서 인구가 5백만이 넘는 부족에게 우선 건국의 기회를 먼저 주었다.

한 나라를 건국하는 데 있어서 정치, 군사, 경제 등 여러 부분을 고려했을 때 인구 5백만이 최하한선이라는 전문가들의 분석에 의한 결정이었다.

소수 민족 중에서 인구가 5백만에 미치지 못하는 부족들은 가까운 부족들끼리 연합하여 인구 5백만 이상을 만들어서 건국하도록 유도했다.

생김새나 생활 습관, 풍습이 비슷한 부족들은 원래 오랜 옛날에 같은 뿌리였을 가능성이 크다. 그러므로 그런 부족들끼리 통합해서 나라를 세우면 반목하고 대립할 가능성이 그만큼 적은 것이다.

인구 540만의 티베트는 인도와 파키스탄에 의해서 해방이

된 상태고, 580만의 몽골족은 자신들의 조국이 있으므로 그곳으로 돌아가면 된다.

원래 같은 맥이었던 부이족과 야오족은 인구가 각각 290만과 260만이다.

하니족과 리족, 다이족은 세 부족이 합쳐야 5백만이 넘었고, 인구 70만의 쉐족은 리수족, 거라오족 등 아홉 개 부족이 합쳐서 가까스로 5백만이 넘었다.

그들은 어느 나라에 빌붙어서 힘겹게 사는 소수 민족이 되기보다는 이웃한 여러 부족과 합심하여 하나의 독립국가로 탄생하기를 희망했다.

그런 식으로 하니까 중국 내 소수 민족 중에서 독립국가로 탄생하는 나라가 무려 13개국이나 나왔다. 오랜 세월 동안 중국에 억압받아 온 수많은 민족들인 것이다.

다물의 기본 원칙은 중국이라는 나라를 지구상에서 완전히 해체해 버리는 것이다. 그러므로 한족에게는 나라를 만들어줄 필요가 없다.

한족이 중국 내 어디에 살고 있든지 그곳을 지배하는 나라에 빌붙어서 피지배자가 되어 살아야 할 것이다.

언제나 타 민족을 짓밟고 지배했던 그들이었으므로 이제는 타 민족의 지배와 억압을 받아야 할 차례다.

그것이 얼마나 기구하고 또 뼈아프고 서글픈 일인지 그들은 직접 몸으로 경험하면서 지구가 멸망할 때까지 그렇게 살아야 할 것이다.

그 외 인구 10만 이하의 소부족들은 아무리 건국을 원해도 어떻게 해볼 도리가 없었다.

그래서 차선책으로 그들이 원하는 나라로 이주해 주기로 약속했다.

그런데 특이한 것은, 중국 내 56개 소수 민족 중에서 중국이나 중국하고 연관이 있는 나라로 이주하는 것을 원하는 부족은 단 하나도 없었다. 그만큼 그동안의 세월이 힘겨웠다는 뜻이다.

* * *

중국이 그토록 자랑하던 인민해방군 7대군구는 변변한 저항조차 해보지 못하다가 결국은 앞을 다투어 연합군에 투항하기에 이르렀다.

하기야 7대군구 사령관 이하 핵심 간부들이 모조리 오철기 단 사람으로 이루어져 있거늘 대한민국이나 일본, 미국을 상대로 싸우려 들겠는가.

제아무리 막강한 7대군구라고 해도 사령관이 항복을 해버리면 그것으로 끝이다.

군사력을 발휘하지 못하는 나라는 파국이다. 기름 좔좔 흐르는 한 덩어리의 좋은 먹잇감에 불과할 뿐이다.

남북한 단일 국가 대한민국과 러시아는 빠른 속도로, 그러나 추호의 실수도 저지르지 않고 차근차근 자신들이 원하는 방향으로 중국을 요리했다.

미국과 일본은 자신들의 이익을 위해서 튼튼한 방패막이가 되어 대한민국과 러시아, 그리고 다른 여러 나라가 식사를 끝낼 때까지 기다려 주었다.

하나의 변화와 하나의 걱정거리가 생겼다.

변화는 중국군 7대군구에서 이탈한 여러 부대와 전투에서 패한 많은 패잔병이 중국 내 한 지역으로 빠른 속도로 모여들고 있다는 사실이다.

7대군구 사령관들이 변변한 저항도 하지 않은 채 대한민국 등 연합군의 공격에 사실상 백기를 들고 항복한 것에 반발하여 자신들이 속한 군구에서 무단이탈한 부대는 그 수가 예상외로 많았다.

반발의 주축은 7대군구 중에서 베이징 동남쪽에 위치한 지난군구였다.

개전 6일이 지난 현재 그들은 상하이를 중심으로 운집했으며 그 수는 30만에 달했다.

지난군구 총병력이 25만 정도였는데 그보다 5만 명이나 더 많은 중국군이 모인 것이다.

지상군을 비롯하여 공군과 기갑사단, 해군 등이 골고루 모였으므로 하나의 군구를 형성하고도 남았다.

그들은 자신들을 '제8군구'라고 불렀다. 중국군은 7군구까지밖에 없으므로 '제8군구'라 했으며, 중국인들은 예로부터 '8'이라는 숫자를 매우 좋아하기 때문에 행운의 숫자로 '제8군구'라고 정했다.

제8군구는 저장성 상하이를 중심으로 하여 북으로는 장쑤성의 렌윈, 서쪽으로는 안후이성의 허페이, 남으로는 푸저우성의 원저우까지 대한민국의 예전 남한 정도 크기의 영토를 최후의 보루로 삼고 결사항전을 하면서 버티기 작전에 돌입했다.

그 소식은 중국 전역으로 퍼져 나가서 피난민들이 상하이로 끝없이 줄을 이어 모여들었다.

제8군구에 대한 것이 변화라면 걱정거리는 묵인자에 대한 것이었다.

전쟁 발발 6일이 지나도록 묵인자는 여전히 모습을 드러내지 않고 있으며, 그에 대한 정보나 흔적은 캄캄한 암흑처럼 어두웠다.

혹시 제8군구가 묵인자의 작품이 아닌가 하고 추측해 봤으나 그것은 아닌 듯했다.

우선 묵인자 정도의 거물이 움직인다면 이 정도 소규모 형태의 저항으로는 절대로 성에 차지 않을 것이다.

그였다면 필경 전혀 다른 특단의 기발한 방법을 사용하여 대한민국을 비롯한 연합군의 눈엣가시 같은 존재가 되었을 것이 분명하다.

그 밖에 제8군구가 내부에서도 중구난방이고 삐걱거리면서 불협화음을 내고 있는 것으로 봐서는 그곳에 묵인자가 없다는 것을 짐작할 수 있다.

묵인자가 나타나지 않고 있다는 것, 오철기단마저도 그를 찾아내지 못한다는 것, 그것이 바로 걱정거리였다.

    *   *   *

"묵인자 때문에 걱정하는 거야?"

연달아 옆에 누워 있는 고방아가 손바닥으로 그의 가슴을 쓰다듬으면서 부드러운 눈빛으로 바라보았다.

연달아는 전쟁이 시작된 지 6일 만에 비로소 잠자리다운 잠자리에 누웠다.

지난 5일 동안은 정신없이 돌아가는 상황 때문에 그를 비롯한 다물수호대 모두 상황실 소파에서 쪽잠을 자거나 책상에 엎드려서 선잠을 자는 정도였다. 도저히 잠을 잘 수가 없는 상황이었다.

단일 국가 대한민국이 동북삼성을 차츰 점령해 나가고, 일본군과 미군, 러시아군이 중국군의 숨통을 죄고 있으며, 그 밖에 여러 나라가 중국의 팔다리를 조각조각 잘라내고 있는 상황을 시시각각 접하면서 수많은, 그리고 급박한 보고에 따라 명령을 내리거나 의논을 해서 결정을 내려야 하는 일이 부지기수였다.

또한 전쟁 진행 상황이 너무 흥분이 되고 또 기쁜 마당에 어찌 잠이 오겠는가.

그러던 중에 전쟁이 절정을 치닫고 동북삼성을 완전히 점령하게 되자 한시름을 놓고 개전 이후 처음으로 잠자리에 든 것이다.

똑바로 누워 있는 연달아 좌우에 고방아와 을지은한이 그를 향해 옆으로 누워 있다.

고방아는 연달아의 가슴을 쓰다듬고 있지만 을지은한은 그의 어깨에 뺨을 기댄 채 촉촉한 눈길로 말끄러미 그의 얼굴을 바라보고만 있었다.

아랑은 일을 한창 벌이고 있는 중이다. 늦게 배운 도둑질에 날 새는 줄 모르고 있는 것이다.

을지은한과 고방아에 이어서 가장 늦게 연달아의 여자가

된 아랑이지만, 실상 연달아하고 관계를 가진 횟수는 세 여자 중에서 가장 많았다.
 고방아와 을지은한은 연달아의 처분만 바라는 입장이다. 그가 관계를 원하면 기다렸다는 듯이 안기기는 하지만, 자기들이 먼저 그를 요구하지는 않았다.
 그를 원하지 않아서가 아니라 먼저 요구하는 것이 아직은 쑥스럽고 부끄럽기 때문이다.
 하지만 아랑은 달랐다. 철이 없어서 그러는 것인지 신세대라서 자기주장을 거침없이 내세워서인지 그녀는 연달아가 세 여자에게 고루 사랑을 베풀어주는 것만으로는 언제나 성이 차지 않았다.
 그래서 그에게 더 해달라고 졸라댔다. 그러면서 두 언니에게 이렇게 좋은 것을 왜 더 하지 않고 잠만 자느냐고 이상하다는 듯이 말했다.
 그리고는 모두가 잠든 밤에 아랑은 또 혼자서 연달아를 못살게 굴었다.
 아니, 연달아는 아예 아랑이라는 존재를 신경 쓰지 않고 그녀가 하는 대로 내버려 둔 채 잠만 잤다.
 그러면 그녀는 혼자서 그의 몸을 독차지하고는 날이 샐 때까지 실컷 욕심을 채웠다.
 그래서 그녀는 언제나 수면 부족으로 눈이 발갛게 충혈된 모습으로 다녔다. 그래도 얼굴에는 늘 행복한 미소가 가득했다. 그 작은 몸뚱이 속에는 피곤함과 행복함이 공존하고 있었다.

지금도 연달아가 묵인자에 대해서 걱정을 하든 말든 자기는 알 바 아니라는 듯 그의 몸 위에 앉아서 허기진 배를 채우듯 허우적거리고 있는 중이다.

"그래."

고방아의 물음에 연달아는 희미한 미소를 지으며 그녀의 뺨을 쓰다듬었다.

연달아와 고방아, 을지은한, 그리고 아랑까지 네 사람은 모두 벌거벗은 알몸으로 한 침대 위에 있다.

오랜만에 든 잠자리에서 사랑을 나누려고 했으나 연달아가 묵인자에 대해서 걱정을 하고 있는 바람에 그것은 저만치 달아나 버렸다.

연달아 등 세 사람은 아랑을 없는 사람 취급하고 자기들끼리 대화를 하고 있다.

"사실 우리도 그자가 걱정이야. 어디에서 무슨 짓을 꾸미고 있는지 알 수가 없으니……."

고방아는 연달아의 가슴을 쓰다듬던 손을 뻗어 을지은한의 어깨를 만지작거리면서 중얼거렸다.

고방아는 올해로 25세가 됐으며 을지은한은 21세, 그리고 아랑은 18세가 되었다. 세 여자 중에서 고방아가 맏언니인 것이다.

아랑은 고방아가 친언니이기 때문에 연달아 다음으로 잘 따르고 있다.

을지은한은 말할 것도 없다. 그녀는 아랑이 질투를 할 정도로 고방아를 친언니 이상으로 섬긴다.

말 그대로 고방아를 언니가 아니라 마치 상전처럼 떠받들고 있는 것이다.

고방아가 불편하다면서 그러지 말라고 몇 번이나 타일렀지만 을지은한은 듣지 않았다.

고구려에서는 첫째 부인에게 다른 부인들이 그래야만 하기 때문이다.

"달아는 뭔가 짚이는 게 없어?"

"나는……."

"그러시면 안 됩니다."

고방아가 묻고 연달아가 대답하려는데 갑자기 을지은한이 불쑥 끼어들었다.

연달아와 고방아, 그리고 아랑까지도 동작을 뚝 멈추고 을지은한을 쳐다보았다.

을지은한은 그런 말을 해놓고서는 겁먹은 듯, 아니, 부끄러운 듯이 얼굴을 붉혔다. 하지만 자기가 해야 할 말을 망설이지는 않았다.

"남편은 우리의 주인님이에요. 언니께서는 방금 그런 식으로 남편의 이름을 부르면 안 됩니다."

"그럼……."

고방아는 뜨악한 표정으로 그녀를 바라보았다. 또한 올 것이 기어코 왔다는 듯한 표정이기도 했다.

"존칭을 사용하세요."

을지은한은 감히 고방아를 마주 바라보지 못하고 눈을 내리깐 채 겨우 말했다.

하지만 고방아는 그녀의 표정만 보고도 얼마나 벼르다가 이런 말을 하는 것인지 짐작할 수 있었다.

그녀의 말을 생각해 보고 자시고 할 것도 없다. 그녀가 그렇게 하는 것이 옳다고 한다면 옳은 것이다. 그녀는 늘 옳은 말만 하기 때문이다.

"알았어, 은한 소저."

고방아는 을지은한을 은한 소저라고 부른다. 그래서 아랑은 장난삼아서 그녀를 소저 언니라고 부르고 있다.

고방아는 지금 당장은 연달아의 대답을 기다리는 중이라서 할 말이 없지만 을지은한의 충고를 받아들인다는 의미에서 그에게 말을 걸었다.

"여보, 뭔가 짚이는 게 없나요?"

아무렇지도 않게 말하려고 애썼는데도 고방아는 연달아하고 진짜 부부가 된 것 같아서 얼굴이 화끈거리고 가슴이 콩닥거리는 것을 어쩔 수가 없었다.

"꺄아!"

아랑은 고방아가 연달아에게 존대를 한 것 때문에 손발이 오글거려서 그러는 것인지, 아니면 또 다른 이유 때문인지 괴성을 지르면서 연달아 가슴 위에 풀썩 엎드려 바들바들 몸을 떨었다.

그때 갑자기 연달아가 방문 쪽을 쳐다보았다.

"조형구가 오고 있다."

그는 여황호위군 대장 조형구가 달려오고 있으며, 매우 다급한 표정이라는 것을 벌써 감지했다.

연달아는 조형구의 머릿속을 읽어 그가 무슨 보고를 할 것인지를 미리 알아보았다.

다음 순간 그는 벌떡 일어나 침상으로 내려가며 급한 표정으로 말했다.

"묵인자다. 그놈이 틀림없다."

그 바람에 아랑은 다리를 벌린 채 뒤로 벌렁 자빠졌다.

고방아와 을지은한은 놀라서 침대를 내려가다가 아랑을 보고 각기 다른 반응을 보였다. 을지은한은 손으로 입을 가리고 웃는데, 고방아는 그녀의 은밀한 부위를 힐끗 보더니 가볍게 꾸짖었다.

"어서 옷 입어라."

세 사람이 옷을 모두 입고 방문 밖으로 나서고 있을 때 복도 저만치에서 조형구가 급히 헐레벌떡 달려오고 있는 모습이 보였다.

"전하! 폐하! 일이 터졌습니다!"

"알고 있다. 가자."

조형구가 벌겋게 상기된 얼굴로 숨을 몰아쉬며 보고를 하려고 하자 연달아는 고개를 끄덕이며 빠른 걸음으로 복도를 걸어갔다.

"전하, 외본이 당했습니다. 아무래도 묵인자의 소행인 것 같습니다."

연달아 일행이 상황실로 들어서자 연정토가 달려오면서 급히 외치듯 보고했다. 외본, 즉 경기도 모처에 있는 외본부가 당했다는 것이다.

연달아는 연정토의 머릿속을 읽어 다물 외본부가 괴멸했다는 사실을 알아냈다.

"외본 정요원들에게 심어놓은 마이크로칩의 신호가 10여 분 전부터 사라지기 시작하더니 조금 전을 마지막으로 모조리 사라졌습니다."

다물의 정요원들 어깨에는 특수한 마이크로칩을 모두 심어놓았다.
마이크로칩에서 보내오는 신호는 여러 가지 정보를 이곳 내본부에 알려주고 있었다.
그런데 외본부에서 보내오고 있던 마이크로칩의 신호가 모조리 사라졌다는 것은 외본부가 전멸했다는 뜻이다. 외본부에는 모두 45명의 정요원이 있었다.
그런 짓을 저지를 사람은 묵인자뿐이다. 마침내 묵인자가 모습을 드러냈다.
그렇지만 그가 설마 다물 외본부를 공격해서 괴멸시킬 줄이야 추호도 예상하지 못했다.
연달아 주위로 다물수호대와 보장태왕, 한상희 등이 모두 모여들어 긴장된 표정으로 그를 주시하고 있었다.
"묵인자입니까?"
연정토가 조심스럽게 물었다.
연달아는 고개를 끄덕였다.
"그럴 가능성이 가장 큽니다."
"음. 잠잠하던 묵인자가 대한민국에 나타나다니……."
그때 한상희가 고개를 갸웃거렸다.
"그런데 묵인자가 어떻게 외본부의 위치를 알아냈을까요?"

그 말에 아무도 대답을 하지 못했다. 묵인자가 어떻게 외본부 위치를 알아냈는지 정말 이해할 수 없는 일이다.

다물에 대한 모든 일은 다물 정요원만이 알고 있다. 묵인자가 정요원에게서 알아냈다면 대체 누가 당한 것이며, 그가 정요원인지 어떻게 알았다는 말인가.

그때 갑자기 연달아가 나직이 외치듯 물었다.

"텐쵸오 어디에 있지?"

연정토는 번뜩 떠오르는 것이 있어서 당황한 표정을 지으며 대답했다.

"텐쵸오뿐만 아니라 제압한 묵인자의 부하들은 모두 외본부 밀실에 감금시켜 놨습니다."

연달아는 그제야 어떻게 된 일인지 깨닫고 무거운 신음을 토해냈다.

"음, 그렇다면 묵인자가 텐쵸오 등의 소재를 알아낸 것이 분명하다."

"그게 가능합니까?"

연달아는 굳은 표정으로 다물수호대를 죽 둘러보았다.

"나는 다물수호자들이 어디에서 무엇을 하고 있는지 아무리 멀리 떨어져 있어도 다 알 수 있다."

모두들 깜짝 놀랐다. 그 말은 묵인자도 런너이기 때문에 연달아 같은 능력이 있어서 자신의 자식들이 어디에 있는지 훤히 알고 있을 것이라는 뜻이다.

연달아는 미간을 찌푸렸다.

"그걸 미처 생각하지 못했어. 신중하지 못한 것이 이런 결과를 낳았구나."

연정토는 송구스러워서 어쩔 줄 몰랐다.

"죄송합니다. 제 불찰입니다."

"형님께선 잘못한 것이 없습니다. 하지만 지금은 그런 것을 따질 때가 아닙니다."

무슨 생각을 했는지 연달아는 상황실 내부를 둘러보면서 빠르게 말했다.

"지금 즉시 이곳을 폐쇄하세요. 묵인자의 다음 표적은 이곳일 것입니다."

"그렇군요."

연정토는 즉시 고개를 숙이며 말했다.

"그럼 이곳을 폐쇄하고 비본으로 옮기도록 하겠습니다."

연달아는 묵인자로부터 내본부를 지키기보다는 폐쇄하는 쪽으로 결정을 내렸다.

제79장

사랑하는 사람들의 죽음

RUNNER
런너

 연달아는 내본부 옥상에 혼자서 우뚝 서 있었다. 옥상은 일반 고급 주택과 다름없는 광경이다. 2월의 칼바람이 그의 온몸으로 불어와 옷자락을 세차게 날렸다.

 지금 그는 묵인자나 그 일당이 내본부에 접근하는 것을 감지하고 있는 중이다.

 내본부 사람들이 내본부의 모든 정보를 폐기하거나 전송을 완료하고 모두 철수할 때까지 그들의 안전을 지켜야 하기 때문이다.

 다물수호대 일곱 명은 내본부 내부 곳곳에서 정요원들의

철수를 호위하고 있다.

묵인자의 공격이 개시되면 다물의 정요원들은 속수무책으로 당하고 말 것이다.

묵인자는 분명히 혼자가 아닐 것이다. 그의 아들딸들은 모두 가디언이다. 그리고 각 가디언 아래에는 네 명씩의 수행자가 있다.

그들이 한꺼번에 내본부를 공격하면 순식간에 초토로 만들 수 있을 것이다.

연달아가 내본부 폐쇄를 결정한 것은 절대로 소극적인 대처 방법이 아니다.

지금 이쪽에서는 묵인자의 전력을 모르고 있다. 그자 혼자라면 연달아 혼자서라도 충분히 대처할 수 있으나 그게 아니라면 폐쇄가 우선이다. 이쪽의 피해를 최소화하는 것이 급선무다.

다물 외본부가 전멸한 것을 보면 묵인자는 혼자가 아닐 가능성이 크다.

그리고 외본부 밀실에 제압된 채 감금되어 있던 텐쵸오 등도 자유의 몸이 되었을 것이다.

묵인자 정도쯤 되는 인물이면 연달아만이 그의 움직임을 감지할 수 있다.

그래서 직접 옥상에 올라와서 전능을 일으켜 사방으로 쏘아 보내고 있는 것이다.

그런데 어느 순간 갑자기 한쪽 방향에서 어떤 강한 기운이 느껴졌다.

연달아는 그 정도의 기운을 발출하는 인물은 묵인자밖에 없다고 확신했다.

[오랜만이로군, 무한런너.]

그때 연달아의 머릿속을 울리는 웅웅거리는 목소리, 아니, 뜻이 있었다. 과연 묵인자가 분명하다.

연달아는 본능적으로 움찔하며 재빨리 묵인자의 행방을 간파하려고 애썼다.

[나를 찾으려고 애쓰지 마라.]

묵인자는 어디선가 연달아를 보고 있는 것이 분명했다. 그는 내본부의 위치를 알고 여기까지 찾아왔다.

필경 외본부의 정요원에게서 알아냈을 것이다. 그런데도 그는 내본부를 공격하지 않고 연달아에게 말을 걸고 있다. 대체 무슨 속셈인가.

혹시 연달아의 이목을 흐리게 해놓고서 자식들로 하여금 공격을 하게 할 셈인가.

하지만 연달아는 아직 그의 존재를 간파하지 못하고 있다. 어느 방향에 있는지도 알 수가 없다.

그럴 리가 없다. 묵인자는 연달아에 비해서 하수다. 그것은 지난번 의무려산에서 확인했다.

그러므로 이것은 그가 전능의 실력이 아닌 뭔가 술책을 부리고 있는 것이 분명했다.

[나는 무한런너 너하고 일대일 대결을 원한다. 그것으로 끝장을 내자.]

묵인자의 뜻이 다시 전해졌다. 그런데 뜻밖의 제안을 해왔다. 일대일 대결이라니, 사실 그것은 연달아가 원하고 있던 바다.

하지만 의구심이 생겼다. 묵인자는 의무려산에서 연달아에게 호되게 패했다.

그것을 뻔히 알면서도 일대일로 대결하자고 먼저 청한다는 것이 이상했다.

스스로 무덤을 파자는 것이 아닌 바에야 뭔가 흑심이 있는 것이 아니겠는가.

그러나 달리 생각할 수도 있다. 묵인자는 분명히 연달아에게 원한과 앙금이 많이 쌓여 있을 것이다.

연달아가 묵인자의 세계 정복 음모를 온통 파헤쳐 놓아서 물거품이 되게 한 것은 물론이고, 중국을 너덜너덜하게 만들어 버렸는데도 원한이 없다면 비정상이다.

묵인자로서는 연달아를 죽이고, 아니, 갈아 마셔도 시원치 않을 것이다.

[북쪽으로 와라.]

그 말을 끝으로 묵인자가 전하는 말은 더 이상 들리지 않았다. 그의 마지막 말은 북쪽으로 와서 자신과 일대일로 싸워보자는 뜻이다.

연달아는 생각했다. 자기가 묵인자하고 싸우는 동안 그의 자식들이 내본부를 공격할 수도 있다.

하지만 이곳에는 다물수호대가 있으므로 그들을 능히 방어할 수 있을 것이다.

게다가 연달아 자신이 묵인자를 죽이는 데에는 그리 오래 걸리지 않을 터이다.

그러므로 즉시 내본부로 돌아와서 다물수호대를 돕는다면 별일 없을 것이다.

연달아는 고방아에게 자기가 무슨 일로 내본부를 떠나는지, 그리고 북쪽으로 간다는 사실을 텔레파시로 알려주고 쏜살같이 북쪽으로 날아갔다.

내본부 옥상에서 번쩍하는 순간 마하의 속도로 건물들 위로 쏘아갔다.

그는 묵인자를 앞질러 가려고 시도했다. 뒤따라가다가 습격을 당하는 것보다는 앞질러 가서 오히려 급습을 가할 수도 있을 것이라는 생각에서다.

묵인자가 일대일로 싸우자고 제의한 순간부터 이미 싸움

은 시작된 것이다. 그 순간 그는 5km쯤 앞으로 공간이동을 시도했다.

스으.

0.0001초 만에 그는 5km 북쪽 높은 허공에 이르렀다. 그는 자신이 묵인자를 앞질렀다고 생각했다.

그런데 자신이 지나쳐 온 남쪽을 뒤돌아보니 묵인자의 모습이 보이지 않았다.

전능을 더욱 일으켜도 그가 감지되지 않았다. 그래서 묵인자가 더 앞쪽에 있을 것이라는 생각이 들었다. 조금 이상한 생각이 들었으나 그럴 수도 있을 것이라고 여겨 별로 의심하지 않았다.

스…….

연달아는 재차 공간이동을 시도하여 다시 5km 북쪽에 모습을 나타냈다.

그곳은 험준한 산의 어느 커다란 바위 위였다. 하지만 그곳에도 묵인자는 없었다.

이곳이 서울의 북쪽에 위치한 북한산이라는 사실을 그는 알지 못했다.

'어떻게 된 거지?'

그는 묵인자를 앞질러 가는 자신의 방법이 뭔가 잘못됐을지도 모른다는 생각이 들었다.

묵인자가 마지막 말을 전하고 나서 연달아가 이곳에 도착하기까지는 채 1초도 걸리지 않았다. 그런데도 묵인자를 찾을 수 없다는 것은 믿기 힘들었다.

그리고 그가 연달아를 더 앞질러 갔을 것이라는 사실은 있을 수 없는 일이다. 그자가 이렇게 빠를 리 없다.

'설마……'

연달아는 어떤 생각을 떠올리고 흠칫했다.

'내 근처에 있다는 것인가?'

거기까지는 생각하지 못했다. 아니, 생각했다고 해도 묵인자의 능력으로는 불가능한 일이다.

그런데 지금은 그렇게밖에는 생각할 수가 없는 상황이다. 묵인자가 연달아하고 지척거리에 있으면서 모습을 감추고 있을 가능성이 크다.

지금 연달아는 산꼭대기는 아니지만 주변에서 가장 크고 높은 바위 위에 서 있다.

주위에는 산에서 흔히 볼 수 있는 그런 풍경뿐 사람은 아무도 없다.

그렇다면 만약 묵인자가 이 근처에 있는 것이 분명하다면 그는 필시 투명 상태를 유지하고 있을 것이다. 그렇지 않으면 연달아가 발견하지 못할 리가 없다.

'묵인자 이놈! 파런너를 죽였구나!'

그때 퍼뜩 연달아의 머리를 스치는 것이 있었다. 원래 묵인자의 능력으로는 몸을 투명 상태로 만들 수가 없다.

하지만 파런너의 우주 물질을 흡수해서 자기 것으로 만들었다면 가능할 수도 있다.

지금 진행되고 있는 상황으로 봐서는 묵인자가 파런너의 우주 물질을 흡수했을 가능성이 가장 크다. 그랬다는 것은 파런너가 이미 죽었다는 것이다.

지난번에 의무려산에서 연달아와 싸우다가 죽을 뻔했던 묵인자가 겁도 없이 다시 연달아 앞에 나타난 것은 믿는 구석이 있었기 때문이다.

연달아는 눈을 가볍게 한 번 깜빡였다. 그러자 그의 눈에서 흐릿한 금빛 광채가 어른거렸다. 그것으로 그의 눈은 신의 눈, 신안(神眼)이 되었다.

즉, 형체를 갖춘 피조물들은 물론이고 형체를 갖추지 않은 무형의 것들, 즉 우주 물질로 이루진 것들은 모조리 볼 수 있게 된 것이다.

또한 그는 몸에서 물질의 가장 기본적인 구성 요소인 쿼크(Quark)의 파장을 발출했다.

그러면 어떤 미세한 움직임도 감지해 낼 수가 있다. 우주에서 쿼크보다 작은 물질은 존재하지 않기 때문이다. 이제 묵인자를 찾아내는 것은 시간문제다.

우오옴.

그런데 연달아가 신안을 만들고 쿼크 파장을 발출하는 순간 기이한 음향, 아니, 진동 같은 것이 울렸다.

'묵인자!'

연달아는 그 진동이 무엇인지는 모르지만 묵인자가 만들어낸 것이며, 자신을 공격하고 있는 것이라고 직감했다.

스파앗—

세상이 온통 눈부신 섬광으로 변했다. 그리고 그와 동시에 연달아가 그 자리에서 씻은 듯이 사라졌다.

쿠오오—

북한산 중턱에서 어마어마한 폭발이 일어났다. 서울은 물론이고 수도권 일대 어디에서도 목격할 수 있는 굉장한 섬광이다.

또한 그것은 일찍이 지구상에서는 한 번도 일어난 적이 없는 우주 물질에 의한 대폭발이었다.

'우웃!'

연달아는 묵인자의 급습이라는 것을 깨닫는 즉시 공간이동을 하여 5km 밖으로 벗어났는데도 미처 대폭발의 영향권을 벗어나지 못하고 섬광에 휩쓸렸다.

하지만 섬광은 그를 어떻게 하지 못했다. 그는 대폭발의 여파에 휩쓸려 날려가면서 중심을 바로잡으며 재빨리 묵인자의

사랑하는 사람들의 죽음

행적을 찾아내려고 애썼다.

대폭발에 의해서 방금 전에 연달아가 서 있던 바위는 흔적도 없이 사라졌으며, 그 근처 반경 1km 이내가 완전히 초토로 변했다.

나무, 돌, 풀이 모조리 먼지로 화했으며, 거대한 언덕이 무너져 계곡을 이루었다. 그곳의 지형 자체가 변해 버린 것이다.

순간 연달아는 대폭발이 있었던 곳 상공 높은 곳에서 자신을 향해 하나의 빛이 폭사되어 오고 있는 것을 발견하고 흠칫했다.

그것은 그냥 빛이 아니다. 지구상에는 존재하지 않는 빛, 태고의 빛, 최초에 우주를 만든 그 빛이었다. 인간들은 그것을 빅뱅이라고 한다.

그리고 그는 신의 눈, 신안을 통해서 그 빛 속에 한 사람이 있는 것을 발견했다. 그 사람은 온통 빛에 휘감겨서 쏘아오고 있었다.

빛이 그를 감싸고 있는 것이 아니라 그에게서 빛이 뿜어지고, 아니, 그가 바로 빛 자체였다. 그렇다. 그는 바로 하나의 빛이었다.

'묵인자가 아니다!'

빛을 뿜어내면서 연달아를 향해 쏘아오고 있는 사람은 뜻밖에도 여자였다.

 연달아를 급습하는 상황에서 묵인자가 쓸데없이 여자로 변신을 할 리가 없다.

 아니, 연달아는 묵인자가 무엇으로 변신을 하든 알아볼 수 있지만 저기 쏘아오고 있는 빛덩이, 즉 광인(光人)은 절대로 묵인자가 아니었다.

 '설마 선(仙)런너라는 말인가?'

 연달아의 머릿속에서 번쩍 스치는 생각이 있었다. 저 정도의 능력을 발휘하는 사람이라면 런너뿐이다.

 그리고 이 세상에 존재하고 있는 다섯 명 중에서 연달아가 처음으로 보는 런너라면 선런너가 분명하다. 더구나 여자이지 않은가.

 지금 상황으로 봐서는 묵인자가 선런너를 자기편으로 끌어들인 것이 분명했다.

 그자가 대체 무슨 방법을 써서 선런너를 끌어들였는지는 모를 일이다.

 하지만 지금은 그게 중요한 게 아니다. 연달아는 묵인자의 술책에 말려들어 버린 것이다.

 '이런 낭패가……'

 묵인자는 내본부에서 연달아에게 일대일로 싸우자고 제안하고는 북쪽으로 오라고 말했다.

그렇다면 누구라도 그가 북쪽 어딘가에서 기다리고 있을 것이라고 생각할 것이다.

하지만 그는 그렇게 말해놓고는 자신은 내본부에서 움직이지 않았다.

그리고 선런너로 하여금 자기 대신 연달아를 상대하도록 꾸민 것이다.

'교활한 놈!'

지금 이 순간에 묵인자는 자식들과 부하들을 이끌고 내본부를 공격하고 있는 것이 분명하다.

놈은 제3차 세계대전이라고 명명된 이 전쟁의 중심에 다물이 도사리고 있다는 사실을 알아내고 뱀의 머리를 자르듯이 내본부를 공격하려는 것이다.

내본부가 괴멸되면 이 전쟁은 큰 타격을 받게 될 것이다. 아니, 전쟁의 주체가 사라져 버리고 만다.

그저 단일 국가 대한민국이 동북삼성을 점령한 것으로 끝나고 말 터이다.

앞으로 과연 어느 누가 전면에 나서서 그 광활한 땅 위에 대고구려 제국을 세울 것인가. 내본부가 괴멸하면 그럴 사람이 아무도 없다.

아니, 어쩌면 대한민국은 앞으로 동북삼성을 지켜낼 능력조차도 없을지 모른다.

지금 한창 몰락하고 있는 중국은 묵인자에 의해서 다시 부활할 것이다.

그리고 그 보복으로 대한민국은 공격을 당할 것이며, 망국의 구렁텅이로 추락하게 될 것이다. 묵인자라면 충분히 그러고도 남을 인간이다.

그런 생각을 하자 연달아는 속이 뒤집혔다. 지금 이 순간에 내본부가, 사랑하는 사람들이 묵인자와 그 패거리들에게 죽음을 당하고 있을지도 모른다는 불길함과 초조함이 그로 하여금 이성을 잃게 만들었다.

그래서 지금 자신을 공격하고 있는 선런너가 묵인자보다 더 증오스러워졌다.

"죽여 버리겠다!"

연달아는 무한런너가 된 이후 지금 이 순간처럼 분노한 적이, 그리고 초조한 적이 한 번도 없었다. 눈에 보이는 것이 없을 정도다.

그는 눈앞의 선런너를 가장 잔인한 방법으로 갈가리 찢어서 죽이고 싶었다.

쉐애애— 앵

그는 무조건 선런너를 향해 돌진해 갔다. 어떤 방법으로 죽이겠다는 생각도 없다.

그저 자신의 전능을 모두 끌어올린 상태에서 선런너와 충돌을 하려는 것이다.

고오오—

우주 물질 75개를 한꺼번에 폭발시키듯 발휘하고 있는 연달아의 공격을 받아낼 수 있는 사람은 지구상에 아무도 없다고 단정할 수 있다. 그만큼 그의 공격은 가공하다.

선런너를 향해 쏘아가고 있는 그의 모습은 아예 보이지도 않았다.

인간의 눈으로가 아니라 그 무엇으로도 그가 최고 속도로 쏘아가는 모습을 보거나 촬영을 할 수는 없다.

후아아—

그런데 연달아는 허공을 스치고 말았다. 선런너가 피해 버린 것이다.

뭔가 불길한 예감 때문에 재빨리 뒤를 돌아보는 순간 그는 선런너가 어느새 뒤쪽에 나타나 자신을 향해 번쩍 한 덩이 빛을 뿜어내는 것을 목격했다.

그가 공간이동을 하려는 순간 빛은 그의 옆구리에 고스란히 적중되었다.

도오옴—

조금 전 최초의 폭발 때와 똑같은 대폭발이, 아니, 그보다 훨씬 강력한 대폭발이 그의 몸을 중심으로 일어났다.

그는 엄청난 여파에 가랑잎처럼 하늘로 날아올랐다. 그러나 고통은 느껴지지 않았다. 몸이 산산조각 나거나 절단된 부위도 없었다.

75개의 우주 물질을 모조리 발출하고 있는 상태였기 때문에 대폭발에서도 무사했던 것이다. 쉽게 말하자면 그것이 방탄 역할을 해주었다.

선런녀는 까마득한 하늘로 날아가고 있는 연달아를 향해 빛 이상의 속도로 쏘아 올라왔다.

방금 대폭발에 그가 중상을 입었다고 판단하여 아예 숨통을 끊으려는 것이다.

"아!"

무서운 속도로 쏘아 오르던 선런녀가 갑자기 경악하는 표정을 지으며 탄성을 토해냈다.

까마득한 하늘로 날아가고 있는, 더구나 중상을 입었다고 생각했던 연달아가 바로 코앞에 그녀 쪽을 향해 우뚝 서 있는 것을 발견했기 때문이다.

하나의 빛이 되어 쏘아가던 선런녀는 찰나지간에 멈출 수가 없어서 그대로 연달아에게 충돌해 갔다.

그때 연달아는 보았다. 빛을 뿜어내고 있는 선런녀는 정말 지독하게 아름다운 미모를 지니고 있었다.

그것은 절대로 지상의 아름다움이 아니다. 고방아나 아랑, 을지은한 어느 누구도 선런녀의 아름다움에는 비할 수가 없

사랑하는 사람들의 죽음

을 정도였다.
 우주 물질이 만들어낸 완벽한 미모, 바로 절대 완미의 소유자였다.
 콱!
 "큭!"
 선런녀가 그 자리에 뚝 멈췄다. 하지만 그녀 스스로 멈춘 것이 아니라 연달아에 의해서 멈춰졌다.
 그의 커다란 손이 선런녀의 가늘고 흰 목을 부러뜨릴 듯이 힘껏 움켜잡아 버린 것이다.
 눈이 멀어버릴 것 같은 빛 속에서 이성이 마비될 것 같은 천상의 미모를 지닌 선런녀는 눈을 부릅뜨고 입을 벌린 채 얼굴 가득 고통이 떠올랐다.
 연달아는 한입에 씹어 삼킬 듯이 그녀를 무섭게 쏘아보면서 중얼거렸다.
 "왜 묵인자의 부하가 된 것이냐?"
 그것이 궁금했다. 왜 여자인, 그리고 이토록 아름다운 선런녀가 묵인자 같은 자의 부하가 되었는지 궁금했다. 이 정도의 굉장한 능력을 지니고 있다면 구태여 묵인자의 부하가 되지 않더라도 세상을 활보할 수 있지 않는가. 죽이기 전에 그것만은 꼭 알고 싶었다.
 선런녀는 조금도 반격을 할 수가 없다. 지금 그녀의 목을 움켜잡고 있는 연달아의 손아귀에는 75개의 우주 물질이 모조리 담겨 있었다.

그로 인해서 그녀는 손가락 하나도 까딱하지 못할 정도로 온몸이 마비된 상태다.

"끄으으… 묵인자가 너를… 내게 주었다……."

"그게 무슨 뜻이냐?"

"끄으… 나는… 무한런너… 너의… 우주 물질들을… 다 갖고 싶었다……. 그것을 가지면 나는… 진정한 전능자… 창조자가 될 수 있다……. 나는… 신이 되고… 싶다……. 끄으으……."

이로써 선런너가 무엇 때문에 묵인자의 부하가 됐는지, 아니, 그와 손을 잡았는지 밝혀졌다.

그녀는 '신'이 되고 싶었던 것이다. 그것은 런너라면 누구라도 이루고 싶은 욕망일 것이다.

그래서 연달아는 화가 더 치밀었다. 고작 그것 때문에 내 본부를, 소중한 사람들을, 대한민국 전체를, 대고구려 제국 건국 계획 자체를 위험에 빠뜨리게 하다니, 절대로 선런너를 용서할 수가 없다.

"끄으으……. 나와 부부가 되자… 무한런너……. 끄으… 우리 함께… 창조자가 되자……. 신이… 되자고……."

선런너는 목숨이 바람 앞에 촛불 신세가 됐으면서도 허황된 욕심을 버리지 못하고 연달아에게 요구했다.

연달아는 이 여자를 살려두면 대고구려 제국이나 인류에 해가 될지언정 추호도 이득이 없을 것이라고 판단했다.

그는 이를 드러내면서 인상을 쓰며 오른손에 75개 우주 물질을 일으켜서 선런너의 목을 움켜잡은 손에 와락 힘을 집중시켰다.

우지직!

"깩!"

선런너가 제아무리 지구상에서 가장 아름다운 존재라고 해도 연달아의 손짓 한차례에 목이 부러지고 괴상한 비명 소리를 냈다.

연달아는 그것으로 끝내지 않았다. 선런너의 목뼈를 부러뜨린 것만으로는 그녀는 완전히 죽지 않을 것이다.

아니, 죽었다고 해도 부활할 수도 있다. 런너이기 때문에 향후 무슨 일이 일어날지 모르는 것이다. 부활조차 하지 못하도록 만들어야 한다.

선런너는 두 눈이 튀어나왔으며 벌어진 입에서 피가 주르르 흘러내렸다.

연달아는 75개의 우주 물질 중에서 파괴력만을 지닌 22개 우주 물질을 부려져서 꺾인 목을 통해서 선런너의 몸속으로 주입시켰다.

쓰우우.

그런데 선런너의 몸에서 여러 가지 색의 빛이 뿜어지더니 그대로 연달아의 몸속으로 빨려들었다.

연달아는 움찔 놀라 피하려고 했으나 그것들은 이미 그의 몸속으로 빨려든 후다.

그것은 그가 전혀 의도하지 않았던 일이다. 그는 그것이 선런너가 지니고 있던 우주 물질이라고 생각했다. 그냥 본능적으로 그렇게 느껴졌다.

퍼억!

순간 선런너의 몸이 불길에 휩싸이는 듯하더니 그대로 폭발해 버렸다.

선런너는 흔적조차 남지 않았다. 살점은커녕 세포 하나까지도 전능의 파괴력에 의해서 말살되었다.

그로써 선런너는 깨끗이 죽었다. 부활 같은 것은 절대로 있을 수 없다. 방금 연달아가 그녀의 우주 물질조차도 흡수해 버렸기 때문이다.

스으.

연달아는 그 즉시 다물 내본부로 공간이동을 했다.

그가 내본부를 떠나 있었던 시간은 3분 정도에 불과하다. 그 사이에 별일이 일어나지 않았기를, 모두들 무사하기를 간절하게 빌었다.

"이런……."

내본부에 도착한 연달아는 그곳에 벌어져 있는 광경을 발견하고는 말을 잇지 못했다.

그는 당황한 얼굴로 급히 주위를 두리번거렸다. 자기가 내본부를 제대로 잘 찾아왔는지 확인하기 위해서다. 그럴 정도로 내본부와 그 일대는 모습이, 아니, 지형 자체가 완전히 다른 광경으로 변해 있었다.

원래 남산 기슭 한남동 주택가였던 그곳에는 커다란 구덩이가 파여 있었다.

구덩이의 깊이는 50여 미터에 이르고 폭의 직경이 무려 300여 미터나 됐다.

그것은 마치 강력한 소형 원자폭탄 하나가 폭발한 직후의 광경이었다.

그곳에 있던 내본부를 비롯하여 수십 채의 주택이 흔적도 없이 사라져 있었다.

구덩이 가장자리의 집들은 절반이 뚝 잘라졌거나 금방이라도 구덩이 속으로 무너질 것처럼 위태로워 보였으며 뭔가에 녹아서 액체가 줄줄 흘러내리고 있다.

사람들은 아직도 집에서 빠져나오지 못한 채 혼비백산한 모습으로 제정신을 차리지 못하고 있었다.

이 정도면 족히 수백 명이 졸지에 한꺼번에 몰살을 당했을 것이 분명했다.

"묵인자 이놈……."

구덩이 가장자리에 서 있는 연달아는 분노와 절망 때문에 턱을 덜덜 떨며 구덩이 아래를 굽어보았다.

그는 전능을 발휘하여 구덩이 안에서 생명체의 흔적을 찾아내려고 했으나 살아 있는 것은 아무도 없었다. 전능에 아무 것도 감지되지 않았다.

구덩이 전체에서는 화산 활동 직후의 수증기 같은 뜨거운 김이 뭉클뭉클 뿜어져 오르고 있었다.

다물 내본부를 폐쇄한다고 명령한 후에 연달아가 내본부 옥상을 떠날 때까지의 시간은 대략 5분 정도다. 그때는 정요원들이 내본부의 기물과 기계, 자료들을 소멸시키든가 외부로 옮기려고 분주할 때였다. 그러므로 극소수만 탈출한 상황이었다.

더구나 고방아와 다물수호대, 보장태왕 등은 정요원들의 탈출을 돕고 호위하느라 내본부 안에 남아 있었다.

그런데 그들이 모조리 죽임을 당했다. 괴물의 아가리 같은 구덩이로 보건대 저항조차 하지 못하고 묵인자에게 떼죽임을 당한 것이 분명했다.

연달아가 다시 돌아왔는데도 아무도 나타나지 않는다는 것은 그들이 모두 죽었음을 의미하는 것이다.

그는 이게 모두 꿈만 같았다. 3분. 그 짧은 시간에 모든 것이 사라지고 끝장난 것이다.

달콤한 꿈과 감미로운 사랑과 원대한 야망이 저 깊은 구덩이 속에 매몰되어 버렸다.

내본부에 있던 사람들은 연달아의 전부다. 고방아, 아랑, 을지은한을 비롯하여 어느 누구 하나 소중하지 않은 사람이 없다. 그런데 그들이 이제는 모두 이 세상 사람이 아닌 것이다.

그때 문득 그는 어떤 생각을 떠올렸다. 3분 전의 과거 상황으로 되돌아가면 된다는 생각이다.

그래서 묵인자가 북쪽으로 그를 유인하려고 할 때 움직이지 않고 내본부를 지키고 있으면 모두 안전하게 되는 것이다. 그것은 별로 어려운 일이 아니다. 불과 3분 전으로 돌아가기만 하면 된다.

생각하자마자 그는 즉시 전능을 일으켜서 3분 전 과거로 되돌아가기를 시도했다.

기우우.

그러자 그의 모습이 흐릿해졌다가 곧 다시 나타났다.

그는 이제 곧 묵인자의 목소리가 들릴 것이라고 생각하며 주위를 둘러보았다.

"……!"

그러나 그는 그 자리에 얼어붙으며 크게 놀랐다. 그의 앞에는 여전히 거대한 구덩이가 놓여 있었다.

그는 3분 전 과거가 아니라 여전히 현재에 발을 딛고 서 있는 것이다.

'어… 떻게 된 건가?'

과거로 회귀하는 그의 전능이 실패했을 리가 없다. 1340여 년 전 과거로도 갈 수 있거늘 불과 3분 전으로 돌아갈 수 없다는 것은 말이 되지 않았다.

그는 자신이 실수했을 것이라고 생각하여 다시 한 번 3분 전으로 되돌아가기를 시도했다.

스으.

그러나 결과는 방금 전과 마찬가지였다. 그는 여전히 구덩이 앞에 서 있다.

거대한 구덩이가 아가리를 벌린 채 절대로 이 일을 되돌릴 수 없다면서 으르렁거렸다.

'이럴 리가 없다.'

그는 또다시 3분 전 과거로의 회귀를 시도했다. 세 번, 네 번, 그렇게 열 번을 연거푸 시도했으나 결과는 마찬가지였다. 그는 계속 제자리에만 있었다.

'나는 이제 더 이상 과거나 미래로 갈 수 없는 것인가?'

그는 그곳에서 다른 시간대의 과거로 돌아가는 것을 시도해 보았다.

그렇게 10여 차례 이상 시도한 이후에 그는 한 가지 사실을 알게 되었다.

어떻게 된 일인지 모르겠지만 그는 2013년으로는 되돌아갈 수가 없었다.

즉, 2012년 12월 31일 자정 11시 59분까지는 가능하지만, 그로부터 1분이 지난 2013년 1월 1일 0시 1분부터 바로 조금 전 상황까지는 절대로 돌아갈 수가 없었다.

그렇다면 그가 2012년 12월 31일 11시 59분으로 돌아가서 현재 2013년 3월 3일이 될 때까지 석 달하고도 3일을 더 기다려야 한다는 것이다.

그 시기에는, 그러니까 2012년 12월 31일에는 대고구려 제국 건국 작전이 실행에 옮겨지기 전이다. 그러니까 전쟁도 일어나지 않았으며 모든 계획들이 계획 자체로 머물러 있었을 때다.

연달아가 그 시기로 돌아가서 석 달 3일을 기다리고 있는 동안, 미래의 묵인자가 무슨 짓을 할지 모른다.

그렇더라도 고방아와 아랑 등이 모두 살아 있는 그때로 돌아가야 한다.

그래서 모든 것을 다시 새로 시작하더라도 소중한 사람들을 살려내야만 한다.

제80장

삼족오 비상하다

R U N N E R
런너

실내는 어두컴컴했다. 침실이다. 창가의 작은 테이블에 분홍빛 스탠드 불빛이 조그맣게 빛나고 있었다.

연달아는 2012년 12월 31일 11시 59분으로 타임워프했다. 그 당시에 그는 을지은한, 서양순과 함께 북한의 평양 백화원 초대소에 머물고 있었다.

그때 그는 을지은한, 서양순과 함께 침실 테이블에 둘러앉아 새해를 맞이하고 있었다.

지금 그는 의자에 앉아서 손에 와인글라스를 쥐고 있다. 그런데 옆에는 아무도 없다.

그 당시에 을지은한은 연달아 옆에, 그리고 서양순이 맞은편에 앉아서 술을 마시고 있었다.

2012년 12월 31일 11시 59분에 을지은한이 이곳에 없다니, 불길함이 연달아의 뒤통수를 후려쳤다. 이게 도대체 어떻게 된 일인가.

연달아는 초조한 표정으로 서양순을 쳐다보았다. 그녀는 상기된 얼굴로 술잔을 두 손으로 감싸듯 쥐고 말끄러미 그를 바라보고 있었다.

"은한은 어디에 있느냐?"

연달아는 혹시 서양순이 을지은한에 대해서 알고 있을지 모른다는 생각에 조심스럽게 물었다.

그런데 서양순은 의아한 표정을 지었다.

"은한이라니, 누구 말씀인가요?"

가슴이 철렁 내려앉았다. 뜻밖에도 그녀는 을지은한을 모르고 있었다.

서양순은 북한의 저격요원에서 다물 부요원으로 전향한 이후에 경기도의 외본부에서 고방아와 아랑 등은 만난 적이 있으나 을지은한은 본 적이 없다.

그녀는 이후 연달아의 북한 작전을 돕기 위해서 중국 단둥으로 보내졌다가 연달아와 함께 평양으로 들어왔다.

서양순은 단둥에서 만난 이후 줄곧 함께 생활했기 때문에 그녀가 을지은한을 모른다는 것은 말이 되지 않는다.

"양순아, 너 며칠 전에 중국 단둥역에서 나를 기다리고 있었지 않느냐?"

"네."

"그때의 상황을 설명해 봐라."

서양순은 갑자기 무슨 일인가 싶어서 긴장했으나 곧 그때 상황을 조곤조곤 자세히 설명하기 시작했다.

한동안 설명을 듣던 연달아는 미간을 찌푸리더니 손을 뻗어 서양순의 이야기를 중단시켰다.

"그만 됐다."

놀랍게도 그녀의 설명에서 을지은한은 한차례도 등장하지 않았다.

그녀의 말에 의하면 단둥역에서 연달아는 혼자 내렸으며 기다리고 있던 서양순과 함께 함경도 아지매가 하는 국밥집에 가서 식사를 했다.

그 다음날에도 연달아는 혼자였다. 서양순과 함께 압록강에 가서 유람선을 탔으며, 이후 오골철갑기병 용걸적인의 34대 후손인 용걸태를 만나 함께 트럭을 타고 압록강 국경을 넘어 신의주로 들어갔다.

모든 과정은 연달아가 기억하는 그대로였다. 단지 거기에 을지은한만이 없을 뿐이다.

을지은한은 애당초 서울에서부터 연달아와 함께 동행하지 않았던 것이다.

그즈음에 이르러서야 연달아는 조심스럽게 한 가지를 추측하게 되었다.

'어떻게 했는지는 모르지만 묵인자가 모두를 죽인 후에 그 상황을 역사 속에서 묶어버렸다.'

아마도 전능의 능력으로 그렇게 했을 것이다. 어떤 수법을 썼는지는 모른다.

하지만 연달아가 그 상황으로 갈 수도 없게 만들었고, 내본부에 있던 사람들이 예전부터 존재하지 않는 사람인 것처럼 만들어 버렸다.

아마도 역사를 크게 비틀어서 왜곡시켰거나 강물처럼 흘러가는 역사의 한 부분을 강력한 전능으로 묶어버린 것이 틀림없다.

그들이 존재했던 역사 자체가 통째로 사라져 버린 것이다. 파런너의 우주 물질까지 흡수한 묵인자의 전능이 상상할 수 없을 정도로 강력해진 것이 분명했다.

30분 후, 연달아는 다시 내본부, 아니, 내본부가 있었던 거대한 구덩이 앞으로 되돌아왔다.

그는 2012년 12월 31일 평양에 10분 남짓 있었다. 서양순

에게 당시의 설명을 들은 것이 전부였다

이후 그는 고방아와 아랑, 을지은한을 비롯하여 연정토와 고선우 등과 처음 만났던 과거로 돌아가 보았다.

그런데 그들 모두가 그 장소에 없었다. 마치 처음부터 존재하지 않았던 사람들처럼 어디에서도 그들을 발견할 수가 없었다.

연달아가 서울 강남경찰서에 확인해 본 결과 고방아에 대한 정보는 경찰 데이터베이스에 들어 있지 않았다. 그녀에 대해서는 경찰 어디에서도 흔적을 발견하지 못했다.

그녀는 애당초 경찰이 아니었다. 아니, 대한민국에 존재하고 있는지조차 불확실했다. 하지만 연달아는 그것까지 조사할 시간적 여유가 없었다.

아랑은 대한민국을 열광시키는 아이돌이 아니었다. 뇌종양 때문에 병원에 입원한 적도 없고, 한남동 다물 내본부 옆집에 살고 있지도 않았다.

모든 것이 그랬다. 내본부도 존재하지 않았으며 거기에 속한 사람들 모두 과거에는 존재하지 않았다.

연달아는 내본부가 있었던 자리, 즉 거대한 구덩이를 내려다보면서 더없이 착잡한 표정을 지었다.

그는 지금 철저하게 혼자가 되었다.

　　　　　*　　　*　　　*

　비본부 투아호는 부산항을 향해 오고 있는 중이다.
　제주도 부근 공해상을 항해 중이던 투아호는 내본부를 폐쇄하고 비본부를 본부로 대체한다는 연락을 받은 즉시 부산으로 돌아오고 있는 것이다.
　연달아는 공간이동을 하여 투아호로 왔다. 그곳에 이리가수미가 있기 때문이다.
　이리가수미는 비본부 투아호를 본부로 삼아서 일본자위대를 총괄 지휘하고 있는 중이었다.
　내본부 폐쇄 결정이 내려진 후 10여 분 사이에 그곳을 빠져나온 정요원은 다섯 명뿐이었다.
　원래 내본부에는 60여 명의 정요원이 상주하고 있었으나 전쟁이 시작된 이후 100여 명이 더 보충되어 총 160여 명이 근무하고 있었다.
　그렇다면 다물수호대와 보장태왕을 비롯하여 약 165명이 그 사고로 죽었다는 것이다.

　연달아의 설명을 듣고 난 이리가수미는 절망에 가까운 표정을 지었다. 연달아는 아버지가 그런 표정을 짓는 것을 처음 보았다.

고모 연수영과 일본팀장 이슬비의 표정도 그에 못지않았다. 그녀들은 도저히 믿을 수 없다는 표정을 지으며 한동안 멍하니 있다가 갑자기 온몸을 떨며 흐느껴 울기 시작했다.

이리가수미와 그녀들은 이로써 대고구려 제국의 건국 작전이 실패했다고 생각했다.

그러는 것도 무리가 아니다. 대고구려 제국의 기반을 이룰 모든 것이 사라져 버린 것이다.

대고구려 제국의 여황으로 등극할 고방아가 죽었으며, 그녀를 대신할 청명공주 아랑도 죽었다.

그리고 대를 이어줄 보장태왕마저 죽었으니 이로써 고구려의 정통성이 완전히 사라진 것이다.

뿐만 아니다. 더 이상 말하면 입만 아플 정도로 모든 것이 풍비박산되었다.

앞으로 남은 과제는 남아 있는 사람들, 즉 연달아를 비롯하여 이리가수미와 연수영, 이슬비 등이 합심하여 대고구려 제국의 건국을 이어나가는 것이다.

그러려면 모든 것을 새로 시작해야만 한다. 하지만 처음보다는 나을 터이다.

이제부터는 대한민국이 점령한 동북삼성과 한반도를 합친 거대한 영토에 대고구려 제국을 건국하는 일과 그것을 지키는 일이 남았으니까.

하지만 연달아는 이리가수미하고는 생각이 달랐다. 절망의 원인이 다르기 때문이다.

이리가수미는 대고구려 제국 건국 작전이 완전히 실패했다는 것 때문에 절망하고 있지만, 연달아는 고방아와 아랑, 을지은한 등 소중한 사람들을 잃었기 때문에 절망하고 있는 것이다.

그녀들이 없다면, 그녀들을 다시 되찾을 수 없다면, 아니, 그 모든 사람들이 없다면 연달아에겐 대고구려 제국 같은 것은 별로 흥미를 느끼지 못한다.

그도 결국 대의(大義)보다는 사사로운 정에 이끌리는 한 명의 인간인 것이다.

작지만 따스한 정이 마음을 움직이고, 그 마음이 계획을 진행하여 목표를 이룬다. 그것이 연달아의 생각이다. 아니, 신념이다.

"아버님."

착잡한 표정의 연달아는 맞은편에 앉아 있는 이리가수미를 똑바로 쳐다보며 말을 이었다.

"저는 그들을… 그녀들을 구하고 싶습니다."

그는 '그들'이라고 했다가 '그녀들'이라고 고쳐서 말했다. 그것이 솔직한 심정이다.

또한 그는 자신의 말에 이리가수미가 화를 내며 꾸짖을 것이라고 짐작했다.

그의 아버지는 사사로움에 치우쳐서 대의를 그르치는 것을 병적으로 싫어했다.

그런데 이리가수미는 전혀 뜻밖의 반응을 보였다. 그는 미간을 좁히며 한동안 생각에 잠기더니 한참 만에 갈라진 목소리로 입을 열었다.

"그러려면 우선 묵인자를 찾아야 한다."

연달아로서는 이리가수미의 뜻밖의 반응을 이상하게 여길 마음의 여유가 없었다.

"그자는 감쪽같이 사라졌습니다."

연달아는 내본부가 공격을 받아서 하나의 거대한 구덩이로 변한 이후 사건의 열쇠인 묵인자를 찾기 위해서 해보지 않은 방법이 없었다.

그러나 끝내 그를 찾지 못했다. 아니, 흔적조차 발견하지 못했다. 그래서 절망감이 더욱 깊어진 것이다.

"그렇다면 차선책으로 가야지."

연달아는 상체를 이리가수미 쪽으로 숙이며 급히 물었다.

"그게 무엇입니까, 아버님?"

"과거로 가서 놈을 죽이는 것이다."

연달아는 착잡한 표정을 지었다.

"그것도 생각해 봤습니다. 그러나 놈을 잘못 죽였다가는 역사가 크게 왜곡될 것입니다."

고방아와 아랑, 을지은한 등을 구할 수 있는데 역사가 왜곡되는 것을 걱정할 때가 아니다.

하지만 묵인자, 즉 까마득한 옛날의 당태종 이세민을 죽이면 역사가 왜곡되는 정도로 끝나지 않을 터이다.

그의 자손들이나 그로 인해서 이룩됐던 중국의 역사가 잘못되는 것이야 연달아가 알 바 아니다.

하지만 이세민의 죽음으로 인해서 한반도의 역사까지도 완전히 뒤틀려 버릴 것이다.

고구려와의 전쟁에 생의 모든 것을 걸었던 당태종 이세민의 죽음으로 어쩌면 고구려는 668년에 멸망하지 않고 더 오랜 세월 동안 세력을 떨쳤을지도 모른다.

그러면 나당연합군에 의해서 백제도 멸망하지 않았을 것이며, 신라는 삼국을 통일하지 못한 채 한반도에는 고구려, 백제, 신라의 삼국 체제가 줄곧 이어졌을지도 모르는 일이다.

한반도의 역사는 고구려와 백제가 나당연합군에게 멸망을 당했으며 신라가 삼국을 통일했다는 전제하에 지금까지 이어져 오고 있다.

그런데 그 사실이 통째로 부정되어 버리면 통일신라도 없으며, 고려도, 조선도 없어져 버린다. 어쩌면 전혀 다른 나라가 출현했을지도 모른다. 그러므로 지금의 대한민국도 존재하지 않게 될 것이다.

고구려와 백제가 멸망한 후에 수많은 유민들이 일본으로 건너가서 새로운 세계에서 뿌리를 내리고 지금까지 이어져 내려오면서 일본의 지배 계층이 됐다.

그런데 그들조차도 존재한 적이 없었던 사람들이 돼버리는 것이다.

그뿐 아니라 연달아와 이리가수미도 이 자리에 있지 않을 것이다.

다물이라는 조직도, 대고구려 제국 건국 작전이라는 자체가 존재하지 않을 것이다.

당태종 이세민 하나를 죽임으로써 그토록 어마어마한 일이 벌어지는 것이다.

또한 역사가 그처럼 엉망진창으로 비틀어져 버렸는데 과연 고방아와 아랑, 을지은한 등은 2012년 대한민국과 조선시대에 살고 있었을까?

"과연 네 말이 맞다. 그런 어려움이 있구나."

이리가수미는 고개를 끄덕이며 한숨을 내쉬었다.

그런데 그때 연달아는 갑자기 머릿속이 찌잉 하고 날카롭게 울리는 것을 느꼈다.

고통은 아니다. 단지 무슨 신호 같았다. 그러더니 희미한 누군가의 목소리가 가늘게 들렸다.

[…여… 보…….]

"은한아!"

연달아는 크게 외치면서 그 자리에서 벌떡 일어섰다. 그의 머릿속을 울리고 있는 목소리는 내본부에서 죽은 을지은한이 보내온 텔레파시가 분명했다.

그러나 이미 죽은 을지은한의 목소리가 저승에서 들려올 리가 만무하다.

그녀의 목소리가 뇌리를 울리는 순간 연달아는 이성을 잃을 정도로 기쁜 나머지 실내가 쩌렁쩌렁 울릴 정도로 크게 소리쳤다.

"은한아! 지금 어디에 있는 것이냐?"

[…모르겠… 어요. 여기가… 어… 딘지…….]

연달아는 을지은한의 목소리, 아니, 텔레파시에서 그녀가 크게 다친 듯한 느낌을 받았다.

[너무… 캄캄해요……. 그리고 조금도… 움직일 수가… 없어요……. 무거워… 요……. 몸이 조각… 나는 것… 같아요…….]

연달아는 너무 답답해서 가슴이 터질 것만 같았다. 지금 심정으로는 그녀가 지옥의 불구덩이 속에 있다고 해도 구해내고 싶었다.

[흐윽… 여보… 살려… 주세요……. 무… 서워… 요…….]

을지은한의 자늑자늑한 울음소리가 연달아를 짓이겨서 죽일 것처럼 괴롭게 만들었다.

"달아."

그때 이리가수미가 그를 조용히 불렀다.

연달아가 홱 쳐다보자 이리가수미는 진지한 표정으로 중얼거렸다.

"진정해라. 왜 그러는지 말해봐라."

이리가수미와 연수영, 이슬비는 연달아가 갑자기 벌떡 일어나서 극도로 흥분하여 버럭버럭 소리 지르는 이유를 알지 못했다.

연달아는 자신이 너무 흥분해서 감정이 앞섰다는 사실을 깨달았다.

그는 흥분을 가라앉히려고 애쓰면서 을지은한이 살아 있다는 얘기를 해주었다.

설명을 듣고 난 이리가수미가 지혜로운 눈을 빛내면서 조용히 일러주었다.

"어쩌면 그 아이는 전생에 있는 것 같구나."

"전생……."

"이승에 있다면 너의 전능으로 찾아내지 못했을 리가 없잖느냐?"

"그… 렇군요."

연달아는 가슴속에 납덩이를 올려놓은 것 같은 심정으로 더듬거렸다.
 그러나 희망을 완전히 버리지는 않았다. 고방아와 아랑 등은 전생이든 이승이든 어디에서도 결코 찾을 수가 없었는데, 을지은한이 전생에 있다는 것은 현재 그녀가 살아 있다는 것이다.
 그리고 그것은 그녀가 묵인자의 소위 '묶임'에 얽매이지 않았다는 뜻이기도 하다.
 연달아는 한차례 심호흡을 크게 하고 나서 텔레파시로 조용히 을지은한을 불렀다.
 '은한아.'
 그런데 예상하지 못했던 일이 일어났다. 을지은한이 대답을 하지 않는 것이다.
 연달아는 심장이 덜컥 멎어버리는 듯한 심정으로 다급히 그녀를 불렀다.
 '은한아! 대답해라, 은한아!'
 그러나 그녀의 대답이 없기는 마찬가지다. 그녀가 지금 어떤 상황에 처해 있는지는 모르겠지만, 연달아가 이리가수미와 대화를 하는 사이에 그녀하고의 텔레파시가 끊어져 버린 것이다.
 연달아는 눈을 부릅뜨고 두 주먹을 움켜쥔 채 텔레파시가 아닌 육성으로 울부짖듯이 소리쳤다.

"은한아! 어디에 있는 것이냐? 은한아! 어서 대답해라!"

이리가수미와 연수영, 이슬비는 뭔가 잘못됐다는 것을 직감하고 가슴이 철렁했다.

연달아는 이성을 잃고 마구 소리치며 이리저리 서성거렸다. 이것은 을지은한 한 사람을 잃는 것이 아니다. 묵인자에 의해서 묶여 있는 역사를 풀 수 있는 열쇠가 을지은한일 수도 있는 것이다.

그러나 한 번 끊어진 을지은한과의 연결은 다시는 이어지지 않았다.

그는 전능을 일으켜서 을지은한이 어디에 있는지 알아내려고 무던히 애썼으나 끝내 실패하고 말았다.

연달아는 절망의 구렁텅이로 다시 한 번 추락하고 말았다.

*　　*　　*

제3차 세계대전이 발발한 지 40일이 지난 2013년 4월 초순 즈음에는 전쟁이 새로운 양상으로 접어들고 있었다.

다물의 모든 계획이 착착 순조롭게 진행되어 가는 듯하다가 높은 벽에 부닥치게 되었다.

중국의 마지막 세력인 제8군구 때문이다. 그들의 힘이, 그리고 그들의 저항이 모두의 예상을 뒤엎었다. 제8군구는 더 이상 패잔병과 이탈자들의 집합체가 아니었다.

그들은 중국 최후의 보루이고 12억 중국인의 마지막 희망이 되었다.

예전에 제8군구는 상하이를 중심으로 한반도 정도 크기를 차지하고 있었으나 그동안 세력과 영토를 넓혀서 한반도 남한 크기의 영토를 더 확장했다.

뿐만 아니라 전국에서 모여든 패잔병과 이탈자, 그리고 지원자들이 가세하여 35만이던 군대가 현재는 무려 150만 대군이 되었다.

하지만 거기에 맹점이 생겼다. 군인은 많은데 무기가 턱없이 부족해진 것이다.

물론 150만 전부에게 소총이나 수류탄 정도 간단한 무기는 지급됐다. 하지만 그것뿐이다. 전쟁은 소총만 갖고 하는 것이 아니다.

2013년 중국 최후의 보루인 150만 대군은 1950년대의 열악한 중공군으로 퇴보했다.

그러므로 현재 그들이 가장 잘할 수 있는 것은 1950년대처럼 인해전술(人海戰術)뿐일 것이다. 중국에서 남아도는 것은 넘쳐 나는 인간들일 테니까.

어쨌든 제8군구는 150만 대군과 과거 1.5개 군구가 보유했던 기갑, 항공, 함정 등의 전력을 보유한 상태에서 사력을 다해서 한 달 동안 버텨내고 있는 중이다.

중국의 또 한 가지 문제점은, 제8군구가 버티고 있는 한반도 1.5배 크기의 영토에 중국인 6억 명이라는 어마어마한 인구가 집중되어 있다는 사실이다.

다른 나라에게 짓밟힌 고향과 터전을 버리고 제8군구 세력으로 살길을 찾아서 모여든 사람들이다.

한반도 1.5배 크기라면 일본보다 조금 작다. 일본의 인구는 1억 2천만을 조금 웃돈다.

그런데 중국은 그 땅덩이에 무려 6억 명이나 몰려 있으니 콩나물시루나 다름이 없었다.

그래서 아무 곳이나 폭탄 한 발을 떨어뜨리면 한꺼번에 수백 명이 떼죽음을 당할 정도다.

제일 급한 것이 식량이다. 자신들의 터전을 버리고 무작정 모여든 사람들이 자기들 먹을 식량 따위를 제대로 챙겨왔을 리 만무하다.

식량 때문에 도처에서 싸움이 벌어지고 사람이 죽어나가는 일은 예사가 됐다.

한 끼의 식량을 차지하려는 싸움 때문에 하루에도 수천 명이 목숨을 잃는 판국이었다.

동서남북에서 몰려드는 적을 사력을 다해서 저항하고 있

는 제8군구에게 치안을 유지할 여력 따윈 없었다.

지금 상황으로 봐서는 대한민국을 위시한 연합군이 엄밀한 포위망을 형성한 채 공격을 하지 않고 가만히 지켜보고만 있어도 제8군구와 그 세력 안의 6억 명은 스스로 자멸하고 말 상황이다.

바로 그것이 이 전쟁의 새로운 양상이다. 굶주리고 있는 6억 명이 국제적인 빅 이슈로 떠오른 것이다.

전 세계의 언론과 수많은 민간단체들이 기아에 허덕이는 중국인들을 구해야 한다고, 그러기 위해서는 이 전쟁을 하루빨리 끝내야만 한다고 한 목소리로 떠들어댔다.

그것은 대한민국을 비롯한 연합군도, 그리고 중국인조차도 기대하지 않았던, 이른바 '제3의 세력'이었다.

전 세계의 언론과 민간단체들은 자국 정부에 이 전쟁을 멈출 것과 파병을 철회할 것을 강력하게 호소하고 또 여러 방법으로 압력을 가했다.

미국을 비롯한 영국, 프랑스, 스페인, 이탈리아, 독일, 터키 등 서방 27개국이 대한민국을 도와 중국과 전쟁을 치르고 있는 중이었다.

중국이 명백하게 여러 나라의 국경을 침공했으며 민간인들을 학살했기 때문에 서방의 여러 나라는 대한민국을 도와서 전쟁을 치를 뚜렷한 명분이 있었다.

그러나 연합군은 하루에도 수만 명씩 굶어 죽는 중국인들을 구해야 한다는 자국 여론의 거센 압박을 견뎌내면서 전쟁을 수행해야만 하는 고통에 시달리고 있었다.

세계 여론은 총칼보다 더 무서운 무기가 되었다.

* * *

제주도 북서쪽 해상에 떠 있는 다물 비본부 투아호에 긴장감이 감돌고 있었다.

투아호의 상황실에는 연달아와 이리가수미, 연수영, 이슬비, 그리고 비본부 부장이며 해외총괄부 대장인 을지상웅이 모여 있었다.

한쪽 벽면의 초대형 TV에는 대한민국과 중국, 일본을 중심으로 한 동아시아 지도가 나타나 있으며, 각 지역마다 여러 색으로 칠해졌고, 숫자와 각각의 기호들이 빼곡하게 기록되어 있었다.

러시아는 원하던 대로 중국의 황하 이북 지역을 거의 다 점령한 상태였다.

중국의 수도 베이징까지 러시아 수중에 들어갔으나 그곳까지가 한계선이다.

즉, 러시아의 국경은 베이징 동쪽 외곽 20km 지점이 되는 것이다.

 그곳에서부터 동쪽은 동북삼성이 시작되는 곳이기 때문에 대한민국이 더 이상의 점령을 허용하지 않았다.

 또한 대한민국은 베이징 동쪽 250km 위치에 있는 탕산이나 그보다 조금 남쪽에 위치한 텐진 같은 항구도시도 러시아에게 양보하지 않았다.

 이유는 단 하나다. 만약 그곳을 내준다면 러시아 해군이 발해만을 통해서 서해, 남해로 제집 드나들 듯이 활보할 것이기 때문이다.

 그래서 대한민국은 러시아의 서해 진출을 막으려다 보니까 어쩔 수 없이 중국의 동쪽 해안 지대를 전부 점령할 수밖에 없었다.

 그로 인해 동북삼성은 물론이고 산둥성 전역과 중국 북해함대의 모항이었던 칭다오, 그 아래 렌윈 일대까지 수중에 넣었다. 그리고 렌윈에서부터 남쪽으로는 중국 제8군구의 세력권이다.

 필리핀은 원래 원하던 대로 하이난 섬을 장악하여 필리핀과 하이난 섬까지의 장장 1,500여 km에 달하는 해역을 수중에 넣었다.

 대만은 막강한 군사력을 앞세워서 홍콩과 마카오를 비롯한 푸젠성 전역과 광둥성 거의 전역을 손에 넣었다. 그것은 대만의 다섯 배에 달하는 거대한 영토다.

특히 대만으로서는 제3차 세계대전이 말 그대로 축복의 전쟁이 되었다.

눈물겹도록 오랜 섬나라 생활에서 벗어나 대륙으로 진출하게 되었기 때문이다.

대만으로서는 같은 민족인 중국이 풍비박산 난 상황이지만, 이 전쟁으로 인해서 대륙으로 진출했으며 거대한 영토를 장악했다는 사실이 위로가 되고도 남았다.

그것은 절대로 대한민국이나 연합군을 원망하지 않는다는 뜻이다.

아니, 오히려 은인으로 여겼다. 약육강식은 동족 간에도 적용되는 법이다.

베트남과 라오스는 중국 서남부 구이저우성을 사이좋게 나누어 가졌다.

그러나 전력이 조금 더 우세한 베트남군은 북으로 치고 올라가서 쓰촨성 충칭까지 장악해 버렸다.

그뿐만 아니라 계속 북진하여 장강을 건너 황하까지 도달했으나 그곳에서 멈춰야 했다. 황하 이북은 러시아의 점령지이기 때문이다.

베트남은 원래 인도차이나 동쪽의 길쭉한 영토인데, 이 전쟁으로 점령하게 된 중국의 영토도 길쭉했다.

그러나 베트남은 원래 영토의 1.5배에 달하는 거대한 영토를 새로 얻었다.

태국과 미얀마는 윈난성을 요리했으며, 더 북쪽으로 올라가서 민장 강 너머 청두를 두고 지금도 치열한 다툼을 벌이고 있었다.

서쪽의 인도와 파키스탄, 그리고 서북부의 타지키스탄, 우즈베키스탄, 카자흐스탄도 나름대로 만족할 만한 이득을 얻어냈다.

그들 나라는 중국 영토의 절반 이상을 차지하는 서쪽의 산악지대인 칭짱 고원과 타클라마칸 사막, 신장의 우루무치, 칭하이성 등을 차지했다.

하지만 더 이상 북쪽이나 동쪽으로는 나아가지 못했다. 황하 이북 지역에는 러시아가 버티고 있기 때문이다.

일본은 그토록 오랜 세월 동안 염원하던 사할린과 쿠릴열도를 러시아로부터 할양받았다. 물론 일본은 대마도를 대한민국에 정중하게 할양했다.

일본은 그로써 더 이상의 욕심을 부리지 않았다. 다만 충성스런 부하처럼 대한민국의 전쟁에 묵묵히 백의종군할 뿐이었다.

비본부 상황실에는 고요한 적막이 감돌았다. 연달아와 이리가수미가 침묵을 지키고 있기 때문에 모두들 두 사람이 입을 열기를 기다리고 있는 중이다.

이들뿐만 아니라 미국과 일본을 비롯한 연합군 모든 나라에서 연달아가 결정을 내려주기를 기다리고 있다.

세계 여론에 밀려서 이 전쟁은 더 이상 길게 끌지 못하는 상황이 돼버렸기 때문이다.

연달아와 이리가수미가 고민하고 있는 것은 복잡한 것이 아니다. 둘 중 하나를 선택하는 일이다.

원래 세상일이란 복잡한 것일수록 술술 풀리고, 간단한 일일수록 골머리를 썩게 마련이다.

지금 연합군이 두 사람에게 원하고 있는 결정은 한반도 1.5배 크기의 중국을 인정하고 이대로 물러날 것이냐, 아니면 그마저도 짓밟아서 중국을 아예 사라지게 만들어야 하느냐는 것이다.

그들을 인정하고 물러날 경우에는 불씨를 그대로 남겨두는 꼴이 된다.

작은 불씨만 있으면 언제든지 다시 거대한 불길로 되살아날 수 있는 것이다.

더구나 악마 같은 묵인자가 두 눈 시퍼렇게 뜨고 여전히 살아 있는 상태다.

연달아는 현재 그자가 제8군구를 움직이고 있다고 추측하고 있다. 여러모로 돌아가는 모양새가 묵인자의 냄새가 풀풀

삼족오 비상하다

풍겼다.

그러나 제아무리 묵인자라고 해도 현재로선 단일국가 대한민국과 연합군, 러시아, 베트남과 라오스 등 어마어마한 전력을 당해내지는 못한다.

묵인자가 노리는 것은 전쟁이 끝난 후일 것이다. 10년이 걸리든 100년이 걸리든 그자는 다시 야금야금 음모를 꾸며서 중국을 일으켜 세우고 결국에는 또다시 세계 정복의 야욕을 실행할 것이다.

그렇기 때문에 그의 발판이 될 수 있는 중국을 이 기회에 완전히 말살시켜 버려야 한다. 중국이 사라져 버리면 자연히 그자의 야망도 사라질 것이기 때문이다.

그런 다음에 연달아가 묵인자를 찾아내서 반드시 죽여야만 할 것이다.

하지만 그렇게 되면 대한민국은 세계 여론의 집중 포화를 두들겨 맞게 될 터이다. 굶어 죽어가고 있는 중국인들을 공격했다고 말이다.

연달아는 상황실의 대형 창문 앞에 우뚝 서서 바다를 굽어보고 있었다.

그동안 그는 매우 수척해진 모습이다. 입가와 턱에 수염이 까칠했으며, 뺨과 두 눈이 움푹 들어갔고 피부에 윤기가 없었다.

내본부가 괴멸하여 고방아와 아랑, 을지은한 등 소중한 사람들을 잃은 것 때문에 끼니도 제대로 잇지 못하고 밤잠을 설친 탓이다.
　이리가수미조차도 침묵을 지킨 채 연달아의 뒷모습을 뚫어지게 주시하고 있었다. 최종 결정은 연달아의 몫이라고 여기기 때문이다.
　연달아는 뺨을 씰룩거리다가 어금니를 힘껏 악물었다.
　'한번 실컷 두들겨 맞고 말자!'
　긴 고민을 끝낸 그의 눈에서는 강인한 빛이 흘러나왔다.
　'전 세계의 질타를 받는 것은 한 번뿐이지만, 그 이후에 대고구려 제국은 영원할 것이다.'
　결정을 내린 그는 천천히 돌아섰다. 모두의 시선이 그에게 집중됐다.
　그는 이리가수미를 보며 공손히 말했다.
　"원래의 계획대로 하겠습니다."
　이리가수미와 모두의 얼굴에 환한 기색이 떠올랐다. 원래의 계획은 중국을 공중분해해서 지구상에서 영원히 사라지게 만드는 것이다.
　이리가수미가 을지상웅을 쳐다보며 힘있게 말했다.
　"들었느냐, 을지상웅? 즉시 연합군에 알려라."
　"알겠습니다!"

을지상웅은 힘차게 외치고 한쪽의 사령통제실로 향했다.

이미 중국 제8군구에 대한 세부적인 공격 작전을 다 세워져 있는 상황이다.

을지상웅이 연합군에 공격 명령을 전하기만 하면 제3차 세계대전의 마지막 작전이 실행될 것이다.

사령통제실 브릿지에 우뚝 선 을지상웅의 얼굴이 흥분과 기쁨으로 번들거렸다.

"연합군에 타전하라!"

을지상웅의 힘찬 목소리에 상황실 요원들이 긴장된 표정으로 그를 주시했다.

"삼족오가 태양을 향해 비상한다!"

그것은 중국 제8군구에 대한 공격 명령이다.

제81장

다물 괴멸하다

RUNNER
런너

2013년 4월 3일.

단일국가 대한민국을 비롯한 연합군의 중국 제8군구에 대한 총공세가 개시되었다.

지상과 하늘, 해상에서 대한민국과 연합군 병력이 밀물처럼 밀려들어 갔다.

이 최후의 총공세에는 러시아와 베트남을 비롯한 인도차이나 국가들, 필리핀, 인도와 파키스탄, 우즈베키스탄과 카자흐스탄 등도 참전했다.

제8군구는 중국군 1.5군구에 해당하는 무기로는 사방에서 밀려드는 연합군의 산악 같은 공세를 견뎌내지 못하고 후퇴하기에 급급했다.

150만 대군을 보유하고 있으나 대부분 소총만으로 무장했기 때문에 연합군의 막강한 화력 앞에서는 거센 불길을 만난 바짝 마른 옥수수 밭처럼 속수무책이었다.

연합군은 제8군구가 장악하고 있는 영토를 빙 둘러 포위한 상태에서 수십 군데의 활로(活路)를 열어주었다. 총공세로 인해서 무고한 민간인들이 희생되는 것을 최대한 방지하기 위해서 그들을 탈출시키려는 배려였다.

그곳을 통해서 탈출하는 사람은 일반인이든 군인이든 모두 통과시키고 받아들였다.

단, 군인은 무기를 버리고 연합군에 투항해야 한다는 조건을 달았다.

처음에 중국이라는 국가 하나만 보고 애국심으로 몰려들었던 수많은 중국인들은 그동안 굶주림과 전쟁에 시달린 탓에 봇물 터지듯이 활로 밖으로 쏟아져 나왔다. 굶주림 앞에서는 애국심도 쓰레기가 돼버렸다.

활로 밖에서는 연합군 후방부대가 탈출한 중국인들을 속속 후방으로 이동시켜서 배불리 먹이고 따뜻한 잠자리를 제공했다.

그런 소문이 삽시간에 퍼지자 제8군구 세력권 안에 있는 중국인들은 너도나도 활로를 통해서 탈출하기를 원했다.

제8군구 소속 군인들조차도 무리를 지어서 무기를 버리고 활로를 통해서 연합군에 투항했다.

단 하루 만에 그 수가 10만을 넘어서더니 이틀째 정오 무렵에는 30만을 육박했다.

그러나 그들은 정식 훈련을 거친 군인들이 아니었다. 나중에 제8군구에 합류한 민간인들 중에서 애국심에 이끌려서 지원한 지원병들이었다. 그러므로 정신 무장이 결여되어 있는 것은 당연했다.

그런데 활로를 통해서 탈출하는 행렬도 이틀째까지였다. 사흘째부터는 중국군은 물론 민간인들조차 단 한 명도 탈출하지 않았다.

아니, 못했다. 제8군구가 활로로 이르는 모든 길목을 내부에서 통제하기 시작한 것이다.

연합군의 총공세가 시작된 지 사흘째, 제8군구는 동쪽 해안을 모두 잃었다.

그것은 제8군구 예하 해군이 전멸했다는 뜻이며, 바다로 통하는 길이 봉쇄됐다는 뜻이다.

그리고는 그곳으로 상륙한 미국과 일본을 비롯한 서방의 연합군이 제8군구를 서쪽으로 밀어붙였다.

북쪽에서는 대한민국과 러시아가, 서쪽에서는 인도와 파

키스탄, 우즈베키스탄 등이, 남쪽에서는 베트남, 라오스, 태국군 등이 강하게 압박했다. 제8군구는 말 그대로 독 안에 든 쥐 신세가 돼버렸다.

제8군구의 전투기를 비롯한 거의 모든 항공기들은 총공세가 시작되기 전에 파괴된 상태였다. 제공권과 해상권은 완전히 연합군 수중에 있었다.

제8군구가 연합군이 만들어놓은 활로를 내부에서부터 차단한 것은 그들의 최후의 발악적인 작전이었다.

그들이 마지막으로 선택한 작전은 아무도 들어보지 못했던, 이른바 '자폭작전' 이라는 것이었다.

그것은 제2차 세계대전 때 태평양전쟁의 패전이 거의 확실시되자 일본군이 곳곳의 무수한 섬에서 옥쇄(玉碎), 즉 '옥처럼 아름답게 부서진다' 라는 미명하에 집단 자살을 한 사건보다 더 지독한 악마적인 방법이었다.

제8군구 세력권 안에 남아 있는 중국군은 도합 90만 명이다. 총공격 이틀 동안에 무려 60만 명이나 활로를 통해서 빠져나갔다.

민간인은 수백만 명이 빠져나갔으나 제8군구 세력권 안에 있는 총 6억 명에 비하면 가마솥에서 죽 한 숟가락 떠낸 정도에 불과했다.

제8군구는 더 이상 90만의 군대로 연합군의 공격을 방어하지 않았다.

그 대신 무기를 안쪽의 민간인들에게 겨누었다. 수백 대의 탱크와 장갑차, 그리고 각종 포와 미사일, 기관총 등으로 자신들이 지켜야 할 인민들을 향해 겨눈 것이다. 오로지 인민만을 위해서 존재한다는 '인민해방군'이 자신들의 목적을 시궁창에 내버린 것이다.

그것은 연합군이 계속 공격을 감행할 경우에 자신들의 인민들을 죽이겠다는 무언의 협박이었다.

너 죽고 나 죽자가 아니라 너 살고 나 죽겠다는 말도 되지 않는 협박이다.

무지막지한 만행이다. 동서고금을 통틀어서 이런 식의 반인륜적이고 악마적인 폭거는 없었다. 히틀러도 무솔리니도 히로히토도 자기 국민을 죽이지는 않았다. 아니, 이와 비슷한 행위조차도 없었다.

그러나 궁지에 몰린 제8군구는 그 누구도 예상하지 못했던 기상천외한, 아니, 천인공노할 자구책을 실행에 옮겼다. 아마 그보다 더 기발한 방법이 있었다면 그것이 무엇이든지 무조건 사용했을 것이다. 그들에겐 죄책감 같은 것이 존재하지 않았다.

실제로 총공세가 시작된 지 사흘째 늦은 오후 무렵에 라오스군이 제8군구 세력권 안으로 진격했다가 기절초풍할 일이

다물 괴멸하다

벌어졌다.

　진격해 들어가는 라오스군을 맞아서 싸워야 할 그쪽 방면의 제8군구 일개 연대가 그곳 광장에 모아놓은 수만 명의 중국인을 향해서 기관총과 각종 소총을 발사하여 무차별 학살을 시작한 것이다.

　진격하던 라오스군 경보병사단은 뜻밖의 상황에 기가 질려서 더 이상 진격하지 못하고 그 자리에 멈췄다.

　그런데도 제8군구 군인들의 민간인 학살은 멈추지 않고 계속됐다.

　불과 3~4분이 흘렀을 뿐인데 학살당한 민간인 수가 천여 명을 넘기고 있었다.

　민간인들은 공포에 질려서 서로 부둥켜안고 울부짖다가 피투성이가 되어 쓰러져 갔다.

　제8군구 군인들은 라오스군이 멀리서 지켜보고 있는 가운데 자신들의 동족들을 미친 듯이 학살했다. 그것은 미친 발광이지 작전도 뭣도 아니었다.

　그때 무엇인가를 퍼뜩 깨달은 라오스군 사단장은 즉시 철수를 명령했다.

　라오스군이 철수하고 있는 동안에도 제8군구의 민간인 학살은 계속되었다.

　그리고 라오스군이 완전히 시야에서 사라져서야 동족 학

살의 비극이 끝났다.

그때까지 10여 분 동안에 중국인 민간인 4천여 명이 무참하게 학살당했다. 시체가 산을 이루고 피가 강을 이루어 사방으로 흘러갔다.

그 비극적인 사건은 즉각 연합군 전체에 퍼져 나갔다. 그리고는 아무도 제8군구를 공격하려 들지 않았다.

연합군 총병력 600만 명은 그 사실을 전해 듣고는 아연실색을 금치 못했다.

하지만 쉽사리 그 말을 믿으려 들지 않았다. 도저히 그런 일이 일어날 수 없기 때문이다.

그러면서도 그것이 사실일지도 몰라서 함부로 제8군구를 공격하지 못했다.

그런데도 제8군구 세력권 내에서의 민간인 학살은 심심치 않게 벌어졌다.

연합군의 모습이 눈에 띄기만 하면 제8군구 군인들이 가차 없이 민간인들이 학살하기 때문이었다.

그로 인해서 연합군들은 제8군구 군인들의 눈에 띄지 않으려고 필사적으로 꼭꼭 숨어 있어야 하는 일이 벌어졌다. 제8군구 군인들은 적을 발견하면 공격을 하는 것이 아니라 즉시 자기네 민간인들에게 총탄을 퍼부었다.

총공세 사흘째 밤부터 연합군은 공격을 하기는커녕 오히

다물 괴멸하다

려 조금씩 후퇴하기 시작했다.

제8군구 군대가 민간인들을 앞세워서 차츰차츰 연합군 쪽으로 다가오고 있었기 때문이다.

이런 말도 안 되는 작전으로 인해서 실로 어이없는 상황이 발생했다.

믿을 수 없게도 제8군구는 연합군의 총공세 나흘째에 점령 당했던 영토를 모조리 회복했다. 물론 민간인을 앞세운 자폭 작전 때문이었다.

연합군이 싸우는 상대는 중국군이지 중국인 민간인이 아니다. 군대는 그 나라의 무력(武力)을 대표하고 또 상징하지만, 민간인은 세계 어느 나라에서나 똑같다. 보호받아야 하는 대상인 것이다.

연합군의 총공세 닷새째에 제8군구의 천인공노할 두 번째 작전이 실행됐다.

제8군구의 연합군에 대한 총공격이 개시됐다. 그런데 이번에는 제8군구 보병이 민간인들을 방패막이로 앞세웠다.

제8군구 일개 사단 병력이 민간인 수십만 명으로 겹겹이 인의 장벽을 만들어서 앞세우고는 그 뒤에서 전진했다.

그런 상황에서 연합군은 공격을 할 수가 없었다. 아니, 점점 밀려드는 민간인 장벽 때문에 후퇴해야만 하는 웃지 못할 촌극이 벌어졌다.

제8군구는 탱크와 장갑차에 민간인들을 태우고 연합군에게 돌진하면서 포를 쏘아댔다.

또한 그들은 다시 탈환한 항구에서 호위함과 구축함 갑판에 민간인 수천 명을 태운 채 연합군 함정을 향해 정면 공격을 시도했다.

연합군 함정은 제8군구 함정이 다가오자 후퇴할 수밖에 없었다. 민간인이 타고 있는 적 함정을 공격할 수는 없기 때문이다.

그럴 경우 그 사실이 삽시간에 전 세계에 알려져서 공격을 한 함정은 물론이고 그 나라마저도 전 세계 여론의 집중 포화를 얻어맞을 것이 분명하다.

연합군으로서는 특단의 조치가 필요했다. 이대로 밀리다가는 제8군구가 원래의 중국 영토를 전부 회복하지 말라는 법이 없다.

* * *

후방에 멀찌감치 떨어져 있는 비본부 투아호로 급전이 날아들었다.

을지상웅은 얼굴이 하얗게 질려서 연달아가 있는 거실로 달려들어 오며 외쳤다.

"전하! 미국이 철수한다고 합니다!"

"뭐야?"

중국 제8군구가 민간인을 방패로 삼아 공격하고 있는 것을 어떻게 대처할지에 대해서 고심하고 있던 연달아는 순간 귀를 의심했다.

을지상웅은 손에 쥐고 있는 전문을 들여다보면서 착잡한 얼굴로 설명했다.

"미국 대통령이 철수를 명령했다고 합니다."

"갑자기 무엇 때문에?"

등산으로 치면 이제 저만치 정상만 남겨놓은 상황에서 갑자기 산을 내려가겠다는 것이나 다름이 없다.

"이유는 밝히지 않았습니다만 제 생각에 미 대통령이 국내 여론의 강한 압박을 받은 것 같습니다."

"아니다."

그런데 연달아가 강하게 고개를 가로저었다. 그는 이것이 어떻게 된 일인지 본능적으로 직감했다.

"묵인자다."

"네?"

을지상웅은 미 대통령이 철수 명령을 내린 것과 묵인자가 무슨 연관이 있는지 짐작조차 하지 못했다.

그러나 연달아는 묵인자가 미 대통령을 협박해서 철수 명령을 내렸을 것이라고 판단했다.

묵인자 정도라면 백악관의 삼엄한 경호를 뚫고 미 대통령에게 접근하는 일이나 미 대통령의 정신을 제압하는 것은 어린아이 장난 같을 것이다.

틀림없다. 그렇지 않다면 다물에 절대적인 협력을 약속했던 영원한 혈맹국 미국의 대통령이 느닷없이 철수 명령을 내릴 리가 없다.

현재 미군은 연합군 전체 전력의 15%를 차지할 정도로 큰 비중을 차지하고 있다.

그런 상황에서 만약 미군이 철수를 한다면 전체 작전이 위태로워질 것은 불을 보듯이 뻔하다.

또한 미군의 철수는 연합군 다른 나라에도 좋지 않은 영향을 미칠 것이 분명하다.

현재 연합군 여러 나라도 국내외 안팎에서 여론의 뭇매를 두들겨 맞고 있는 상황이다.

그럴 때 미군의 철수는 어쩌면 자칫 도미노 현상을 불러올지도 모른다.

한 나라가 철수하면 다른 나라들도 잇따라서 철수를 하게 되는 현상이다.

아니, 필경 그럴 것이다. 게다가 서방 연합군에 대한 미국의 영향력은 절대적이다.

이리가수미는 무거운 신음을 토해냈다.

"음! 내 생각에도 묵인자의 짓이 틀림없을 것 같구나."

연달아는 주먹을 불끈 쥐었다.

"제가 미 대통령을 직접 만나보겠습니다. 운이 좋으면 그곳에서 묵인자하고 부딪칠 수도 있을 겁니다."

이리가수미는 씁쓸한 표정으로 고개를 흔들었다.

"아니다. 그러기에는 이미 늦었다."

연달아는 의아한 표정을 지었다.

"무슨 말씀이십니까?"

"네가 미 대통령을 만나서 사태를 바로잡고 있는 동안에 묵인자는 일본 총리나 영국 수상, 프랑스 대통령에게 접근하여 똑같은 공작을 펼칠 수도 있다는 얘기다. 네가 움직이는 것은 소 잃고 외양간 고치는 격이다."

연달아는 뒤통수를 얻어맞은 것 같은 표정을 지었다.

"너는 몸이 하나지만 묵인자는 자식들이 많다. 너 혼자서 그들 모두를 막을 수는 없는 노릇이다."

연달아는 딛고 선 바닥이 한없이 아래로 푹 꺼지는 절망감을 느꼈다.

고방아와 아랑, 을지은한, 다물수호대 등을 모두 잃었을 때 죽을 것 같은 절망감을 느끼고는 간신히 그것을 극복했는데, 이제 또다시 예기치 못한 사건이 그를 무참하게 짓밟고 있는 것이다.

그때 문이 열리면서 상황실 요원 한 명이 전문 한 장을 손에 쥔 채 급히 달려들어 오며 외쳤다.

"전하! 일본도 철수한다고 알려왔습니다!"

"일본도?"

불길한 예감은 언제나 적중하는 법이다. 그러나 이렇게 빨리 진행될 줄은 몰랐다.

옛말에 복은 쌍으로 오지 않고 화는 홀로 오지 않는다고 하더니 그 말이 딱 맞았다.

일본 역시 연합군 전체 전력의 15% 정도를 차지하고 있다. 더구나 일본자위대는 지리적으로 전장이 가깝다는 유리함이 있었다.

본토와 전장이 가까우면 군대든 물자든 빠르고 손쉽게 조달할 수가 있는 것이다.

연합군은 전쟁에 필요한 물자를 일본에 많이 의지하고 있었는데, 이렇게 되면 15%의 전력 손실이 아니라 간접적인 피해는 더욱 막심해질 것이다.

"묵인자는 너하고 부딪치는 것을 극도로 피하면서 우회적으로 각개격파를 하고 있다. 현재 우리로선 놈의 이런 식의 파상공격을 대응할 재간이 없다. 무슨 수를 써서라도 제8군구의 인해전술을 격파해서 한시바삐 전쟁을 끝내는 것이 상책이다."

이리가수미가 그렇게 말하지 않아도 연달아도 그렇게 생각하고 있었다.

하지만 무조건 총공격 명령을 내릴 수는 없다. 그러면 중국인 6억 명이 몰살을 당하고 만다. 세계사에 유래가 없는 대학살이 되는 것이다.

연달아는 두 주먹을 불끈 움켜쥐고 한동안 묵묵히 서 있다가 나직이 중얼거렸다.

"제가 묵인자를 찾아내겠습니다."

이리가수미는 '어떻게?'라고 묻지 않았다. 무슨 수를 쓰든 지금으로선 묵인자를 찾아내서 죽이는 것밖에는 다른 방법이 없기 때문이다.

연달아는 투아호의 앞쪽 갑판에 우뚝 섰다.

그는 지금 여태까지 해본 적이 없는 전혀 새로운 시도를 해보려고 한다.

그는 런너가 된 이후 어떤 상황에서는 어떤 우주 물질을 사용해야 한다고 생각했던 적이 없다.

그때그때마다 전능을 일으키면 우주 물질들이 스스로 알아서 뜻한 바를 이루어주었다. 즉, 그의 의지에 의해서 우주 물질들이 발휘됐던 것이다.

지금도 마찬가지다. 그는 두 발을 넓게 벌리고 우뚝 서서 단지 묵인자를 찾아야겠다는 일념을 지닌 채 자신의 모든 전능을 온몸으로 뿜어내고 있었다.

그는 얼마 전에 선런너의 우주 물질을 모두 흡수했는데, 그녀의 우주 물질은 32개였다.

그중에서 연달아가 지닌 우주 물질과 겹치지 않는 것은 네 개뿐이었다.

그래서 현재 그의 우주 물질은 79개가 되었다. 우주에 존재하는 우주 물질의 수가 총 96개이니까 그는 17개가 모자란 상태다.

그의 몸에서 79개의 우주 물질들이 한꺼번에 뿜어져 나갔지만 아무 소리도 나지 않았고 아무것도 보이지 않았다.

하지만 지구상에 존재하는 전파하고는 전혀 차원이 다른 쿼크의 파장, 즉 '쿼크웨이브'가 수직으로 100km 이상 높이로 솟구쳐 올랐다.

그리고는 대기권 밖에서 지구 전체로 거미줄처럼 수억 가닥으로 퍼져 나갔다가 지구 곳곳을 향해서 내리꽂혔다.

그는 쿼크웨이브를 전개하고 있는 동안 이것과는 조금 다른 생각을 했다.

묵인자를 죽이고 나면 이 쿼크웨이브를 이용해서 을지은한이 전생의 어디에 있는지 알아낼 수도 있을 것이라는 생각이다.

그녀만 찾아내면 묵인자가 묶어놓은 역사의 매듭을 풀 수도 있을 것이기 때문이다.

그러기를 1분쯤 지났을까. 연달아는 지구 전체로 퍼져 나간 쿼크의 선(線)이 전해오는 하나의 독특한 느낌을 감지하고 눈을 번쩍 떴다.

'찾았다!'

그 순간 그의 모습이 흐릿해지더니 그 자리에서 감쪽같이 사라져 버렸다.

수억 가닥의 쿼크의 선 중에서 묵인자를 찾아낸 선을 따라 빛의 속도로 가버린 것이다.

그곳이 어딘지는 모른다. 단지 연달아가 나타난 곳 바로 앞에 묵인자의 당당한 뒷모습이 보였다.

이곳은 프랑스 대통령이 거주하는 엘리제궁이다. 그곳 대통령의 집무실 안에 묵인자가 있었다.

아마 이번에는 프랑스 대통령의 정신을 제압하거나 협박할 생각인 것 같았다.

실내에는 커다란 마호가니 책상 너머에 프랑스 시랑드 대통령이 앉아 있고, 책상 앞 3미터쯤 거리에 묵인자가 시랑드 대통령을 향해 우뚝 서 있었다.

그러나 두 사람은 묵인자 뒤에 또 한 사람, 연달아가 추호의 기척도 없이 나타났다는 사실을 까맣게 모르고 있었다.

연달아는 자신의 앞 2미터 거리에 등을 보이고 서 있는 자가 묵인자라는 사실을 추호도 의심하지 않았다.

그를 식별하는 데에는 증거고 뭐고 필요없다. 연달아의 본능이 그가 묵인자라고 하면 묵인자인 것이다.

묵인자는 전능을 사용하여 시랑드 대통령의 정신을 제압하고 무슨 명령을 내리는 중인 것 같았다.

연달아는 무방비 상태인 묵인자를 죽이기 위해서 구태여 손을 뻗을 필요도 없다.

그저 전능을 발휘하여 갈가리 찢어발기면 그만이다. 묵인자는 연달아의 상대가 되지 못한다.

하지만 그는 지금 이 순간 묵인자만큼은 직접 손을 써서 죽이고 싶었다. 그만큼 원한이 깊기 때문이다.

연달아는 묵인자를 향해 오른손을 뻗으며 다가갔다. 그의 두 발은 바닥에서 10㎝ 정도 떠오른 상태에서 미끄러지듯이 아무런 기척도 없이 빠르게 전진했다.

슈아악!

바로 그 순간 연달아의 좌우와 뒤쪽 천장과 벽, 그리고 바닥에서 도합 여덟 명이 일제히 공격해 왔다.

묵인자의 자식들, 즉 가디언들이다. 하긴 묵인자가 혼자 있을 리가 없다.

그의 자식들이 은밀한 곳에 숨어서 호위하고 있다가 연달아를 발견하고 공격을 퍼부은 것이다.

그러나 연달아는 그들 여덟 명을 무시했다. 우주 물질 79개를 지니고 있는 전능자인 그가 하찮은 가디언 따위를 직접 상대할 필요는 없다.

그는 계속 묵인자에게 다가가면서 79개의 우주 물질 중에서 가장 강력한 파괴 물질 열 개를 손바닥으로 뿜어냈다.

후오오ㅡ

그 순간 뭔가 이상한 낌새를 느꼈는지 묵인자가 뒤도 돌아보지 않은 채 느닷없이 번쩍 빛처럼 빠르게 옆으로 몸을 날렸다.

휘우우!

그러나 이미 연달아가 뿜어낸 열 개의 파괴 물질이 부챗살처럼 좍 펼쳐진 상태이기 때문에 묵인자는 거미줄에 걸려든 벌레 같은 신세가 돼버렸다.

푸악!

그는 허공으로 몸을 날리던 자세 그대로 마치 탱탱한 풍선에서 순식간에 바람이 빠지는 것처럼 온몸이 오그라들더니 작은 폭발을 일으켰다.

화아아!

이어서 수천 조각으로 쪼개진 그의 몸뚱이는 성스러운 우주의 불길에 휩싸여서 순식간에 사라져 버렸다.

연달아의 공격이 얼마나 빨랐는지 그제야 여덟 명의 가디언 공격이 그의 몸 근처에 도달했다.

퍼퍼퍼퍽!

그러나 그들은 연달아에게 2미터쯤 접근했을 때 돌연 일제히 폭발해 버렸다.

그러나 피나 살점 같은 것은 조금도 튀지 않았다. 묵인자처럼 그들의 터진 몸의 조각들은 허공에서 우주 불길에 의해 타서 흔적조차 남지 않았다.

커다란 실내에는 연달아와 시랑드 대통령만 마주 보고 있을 뿐이다.

그러나 시랑드 대통령은 이미 정신이 제압당한 상태에서 연달아가 있다는 사실도 모른 채 인터폰을 눌러 비서실장을 부르고 있었다. 프랑스군의 철수를 명령하려는 것이다.

연달아는 시랑드 대통령을 잠시 물끄러미 쳐다보면서 그의 제압된 정신을 풀어주고는 쿼크의 선을 따라서 빛이 되어 그 자리에서 감쪽같이 사라졌다.

똑똑똑.

잠시 후에 대통령 비서실장이 노크를 하고 나서 실내로 들어섰다.

"부르셨습니까?"

시랑드 대통령은 눈을 껌뻑거리면서 비서실장을 멀뚱하게 쳐다보았다.

"내가 자넬 불렀나?"

"그렇습니다."

시랑드 대통령은 손을 저었다.

"아무 일도 아닐세. 나가보게."

시랑드 대통령은 손으로 이마를 짚으며 이상하다는 듯 고개를 갸웃거렸다.

"내가 깜박 졸았나? 정신이 멍하군."

연달아는 조금 전까지 있었던 투아호의 자신의 거처 거실로 돌아왔다.

아니, 돌아오지 못했다. 당연히 거실 바닥에 내려설 것이라고 생각했던 연달아는 아무것도 없는 바다 위 40여 미터 허공에 떠 있었다.

그리고 그의 발아래에서 투아호가 불길에 휩싸인 채 바다 속으로 침몰하고 있었다.

투아호의 거대한 동체는 앞부분이 이미 완전히 물속으로 사라졌으며, 선미 부분 약간만 수면 위에 남아 있는 상태다.

그곳에 많은 사람들이 모여서 애타게 구조를 기다리고 있으며, 침몰하는 투아호 주변에는 여러 척의 크고 작은 배와 세 대의 헬리콥터가 구조 활동을 벌이고 있었다.

연달아는 그 광경을 보면서 일순간 머릿속이 텅 빈 것처럼 아무런 생각도 들지 않았다.

그가 프랑스 시랑드 대통령 집무실에서 묵인자를 죽이고 돌아온 시간은 채 3분도 걸리지 않았다.

그런데 그 짧은 사이에 투아호가 침몰하고 있으니 이해도 되지 않을뿐더러 머리를 한 대 호되게 얻어맞은 것 같은 느낌이다.

'이게 도대체……'

망연자실하고 있는 그의 시야에 투아호 선미에서 구조를 기다리고 있는 사람 중에서 다물 일본팀장 이슬비의 초췌한 모습이 보였다.

그러자 번쩍하는 사이에 이슬비가 공간이동을 하여 그의 옆에 나란히 서게 되었다.

이슬비는 뭔가 눈앞이 번뜩하는 것만 느꼈을 뿐이라서 아직 연달아의 존재를 알지 못했다.

"슬비야, 무슨 일이 있었느냐?"

"앗!"

그런데 갑자기 옆에서 누군가의 목소리가 들리자 이슬비는 혼비백산해서 비명을 터뜨렸다.

그녀가 놀라서 돌아보니 연달아가 굳은 표정으로 쳐다보고 있으며, 그가 자신의 가느다란 허리를 팔로 안고 있는 것을 발견했다.

"전하……."

이슬비는 그를 보니까 갑자기 눈물이 왈칵 솟구쳤다. 그래서 그의 가슴에 얼굴을 묻고 흐느껴 울었.

연달아는 마음이 급했으나 이슬비의 등을 토닥거리며 묵묵히 달래주었다.

이윽고 울음을 그친 이슬비가 아직 눈물이 그득한 눈으로 그를 바라보며 설명했다.

"우리는 전하를 기다리고 있었는데… 갑자기 어디선가 천둥소리 같은 고함이 들렸어요."

"무슨 소리였느냐?"

"죽어라, 연개소문이라고 했어요."

"연개소문?"

이리가수미를 그렇게 호칭할 사람은 중국인뿐이다. 아니, 당나라인이다.

"저는 이리가수미님의 심부름으로 잠시 밖에 나갔었는데 그때 느닷없이 엄청난 폭발 소리가 들렸어요. 그리고는 배가 급속도로 빠르게 가라앉은 거예요."

'죽어라 연개소문' 이라고 누가 외쳤다면 미사일이나 폭탄 같은 것의 공격이 아니다.

그런데 어째서 연달아의 머릿속에 묵인자가 제일 먼저 떠오르는 것인지 모를 일이다.

묵인자는 조금 전에 그의 손에 흔적조차 남기지 못하고 죽임을 당하지 않았는가.

그런 그가 어떻게 이곳에 나타나서 투아호를 공격하여 침몰시킬 수 있겠는가.

그때 이슬비가 꽁무니만 남은 투아호를 굽어보며 몸서리를 치며 말했다.

"투아호처럼 거대한 선박을 단번에 침몰시킬 만한 미사일은 없어요. 투아호는 미사일에 적중되더라도 침몰하지 않도록 설계되어 있어요."

그녀는 고개를 갸웃거렸다.

"그런데 대폭발과 함께 불과 1, 2분 만에 침몰해 버리다니 불가사의해요."

그녀의 말이 연달아의 마음을 정리해 주었다. 묵인자가 투아호를 공격해서 침몰시켰을지도 모른다는 짐작을 분명하게 만들어준 것이다.

'그건 가짜였다.'

결론적으로 조금 전에 연달아가 죽이고 온 묵인자는 가짜였다는 것이다.

어쩌면 묵인자가 자식 여러 명을 자기처럼 변신시키고 또 자신의 기운이 발출되도록 손을 썼을지도 모른다. 그래서 연달아가 그들 중 한 명을 묵인자로 오해한 것이다. 아니, 분명히 그랬을 것이다.

연달아는 거의 다 침몰해서 뒤꽁무니만 조금 남은 투아호를 굽어보며 오른손을 뻗었다.

쿠우우.

그러자 믿어지지 않는 일이 벌어졌다. 뒤꽁무니만 조금 남은 채 침몰하고 있던 투아호가 갑자기 빠른 속도로 위로 솟아오르는 것이 아닌가.

"……"

이슬비는 자신의 눈을 의심하면서 투아호를 쳐다보다가 뭔가 짚이는 것이 있어서 재빨리 연달아를 쳐다보았다.

그리고는 그가 투아호를 향해 손을 뻗고 있는 것을 발견했다. 또한 그의 손에서 은은한 금빛의 광채가 뿜어지고 있는 것을 보았다.

그래서 이슬비는 그가 투아호를 끌어올리고 있다는 사실을 깨달았다.

'아아, 전하께선 진정 신이시구나.'

촤아아—

이슬비가 너무 놀라서 벌벌 떨며 지켜보고 있는 가운데 투아호는 완전히 수면 위로 떠올라 사방에서 폭포 같은 물을 쏟아내고 있었다.

구조를 위해서 주위에 몰려들었던 선박들이 투아호가 솟구치면서 일으킨 거대한 파도 때문에 가랑잎처럼 위태롭게 흔들리고 있었다.

또한 침몰하고 있던 투아호가 갑자기 수면 위로 솟아오르자 누구나 할 것 없이 혼비백산해서 비명을 질러댔다.

연달아의 시선이 투아호의 선실 중 가장 꼭대기 층으로 날아가 꽂혔다. 바로 그곳이 그의 거처였으며 이리가수미가 있던 곳이다.

그런데 그곳은 흔적도 없이 사라진 상태였다. 그곳을 중심으로 직경 30미터 정도의 커다란 구멍이 아래를 향해 수직으로 뚫려 있었다.

아마 그 구멍은 선체 바닥까지 관통됐을 것이다. 그래서 투아호가 순식간에 침몰한 것이다.

투아호는 비무장의 유람선이다. 그렇기 때문에 묵인자가 마음만 먹으면 아무런 제지도 받지 않고 공격을 퍼부을 수 있었을 것이다.

연달아는 한 팔로 이슬비의 허리를 안은 상태에서 어느새 투아호의 커다란 구멍 옆에 내려섰다. 그에 비해서 키가 훨씬 작은 이슬비는 두 발이 바닥에 닿지 않은 채 공중에 떠 있었다.

"그때 실내에 누가 있었느냐?"

"이리가수미님과 연수영님, 그리고 해외총괄부 대장, 몇 명의 정요원이 있었어요."

그런데 지금은 그곳에 단 한 구의 시체도 보이지 않았다. 구멍이 직경 30미터 정도였으면 실내에 있던 사람들은 흔적도 없이 즉사했을 것이다.

연달아는 전능을 일으켜서 아버지와 고모에게서 반응이 있는지 시도해 보았다.

그러나 감감했다. 돌아오는 것은 적막뿐이다. 그들의 시체라도 있으면 반응이 있을 텐데 아무것도 감지되지 않는다는 것은 시신조차 보존하지 못하는 처참한 죽음을 당했다는 뜻이다.

"으드득! 이놈! 묵인자!"

연달아의 악다문 이빨 사이로 원한 서린 중얼거림이 흘러나왔다.

이슬비는 그의 참담한 심정을 이해하기 때문에 말없이 눈물만 흘릴 뿐이다.

투아호는 커다란 구멍이 뚫렸으나 연달아의 전능에 의해서 여전히 수면에 떠 있는 상태다.

그러는 사이에 여러 척의 선박과 헬리콥터들이 투아호에 접근하여 생존자들을 옮겨 태우기 시작했다.

연달아는 너무도 참담한 허망함을 뼈저리게 맛보고 있었다. 그는 졸지에 모든 것을 잃었다. 사랑하는 모든 사람을 다 잃었다. 그에게 남아 있는 사람은 오로지 이슬비 한 사람뿐이다.

이제는 대고구려 제국을 건국하는 일도 실패할 가능성이 크다. 연달아가 전능자라고 해도 혼자서 그 대업을 다시 이루려면 족히 몇 년, 아니, 수십 년이 걸릴지도 모른다.

미국과 일본에 이어서 서방의 국가들이 줄줄이 연합군에서 탈퇴하여 철수할 것은 너무나 자명한 일이다.

그리되면 중국은, 아니, 묵인자는 저절로 중국을 되찾게 될 것이다. 그리고 세계 정복의 음모를 다시 꾸밀 것이다.

지금 연달아는 이곳에서 벗어나고 싶다는 생각밖에 들지 않았다.

제82장

다시 쓰는 역사

R U N N E R
런너

서울 송파구 방이동 파인빌.

그곳 빌라 3층, 예전 고방아의 원룸에 틀어박힌 채 연달아는 매일 술만 마시면서 지내고 있다.

그는 창가 쪽에 있는 소파에 앉아서 테이블에 두 다리를 포개서 뻗고는 캔맥주를 마시고 있다. 주변에는 그가 마신 빈 캔이 어지럽게 흩어져 있었다.

투아호가 침몰한 후 보름 15일이 지났으므로 오늘은 4월 18일이다.

하지만 그는 날짜 가는 것을 모른다. 알고 싶지도 않다. 그의 관심사는 오로지 술 마시는 것뿐인 것 같았다.

보름 전 투아호에서 이곳으로 곧장 온 그는 그날부터 지금까지 줄곧 술만 마셨다.

술은 캔맥주만 마셨다. 캔맥주는 고방아가 즐겨 마셨고, 연달아가 21세기 대한민국에 처음 와서 마신 술이 고방아가 준 캔맥주였기 때문이다.

밥은 일체 먹지 않고 술만 마셨다. 그런데 아무리 술을 많이 마셔도 취하지 않았다.

연달아는 고방아와 아랑하고 많은 일을 함께 했으나 그중에서도 이곳 원룸에서의 추억이 가장 그립다.

처음에는 고방아하고 티격태격하면서, 그리고 나중에 아랑이 합류하여 세 사람은 정말 죽이 잘 맞았다.

그립다. 정말이지 너무나도 그녀들이 그리워서 당장에라도 숨이 끊어질 것만 같았다.

그래서 술을 마신다. 캔맥주를 마신다. 술을 마시면 그녀들이 더 새록새록 그리워진다. 그래도 술 마시기를 그만두지 않는다. 아니, 못한다.

그가 앉아 있는 소파 주위에 빈 캔들이 어지럽게 나뒹굴어 있을 뿐이지 실내는 깔끔하게 잘 정돈되어 있었다.

한쪽의 식탁에는 연분홍색의 식탁보가 펼쳐져 있었다. 그 아래에는 연달아가 먹을 한 끼 식사가 차려져 있지만 그는 식탁보를 들춰본 적도 없다.
 퉁.
 그는 다 마신 빈 캔을 발아래로 떨어뜨렸다.
 스, 끼릭.
 그 순간 새 캔맥주가 그의 손에 쥐어졌고, 저절로 따졌다.
 냉장고 안에 있는 차가운 캔맥주가 공간이동하여 그의 손에 쥐어진 것이다.
 그가 캔을 입에 대고 마시기 시작할 때 누군가 밖에서 도어록의 번호를 누르는 소리가 들렸다.
 문을 열고 들어온 사람은 이슬비다. 그녀는 보름 전 연달아와 함께 투아호를 떠나 이곳으로 왔다.
 연달아가 그녀를 이리 데려온 이유는 그녀가 갈 곳이 없다고 생각했기 때문이다.
 하지만 그녀는 서울 시내에 부모가 살고 있으며 친척과 친구도 많다.
 그러나 아직까지 아무도 만나지 않았다. 언제나 원룸과 가까운 곳의 대형마트를 오갈 뿐이었다.
 그녀는 지난 보름 동안 이곳에서 연달아와 함께 기거하면서 묵묵히 뒷바라지를 하고 있다.
 실내로 들어선 그녀의 손에는 묵직한 비닐 봉투가 들려 있었다. 거기에는 연달아가 먹을 캔맥주가 절반쯤 들어 있고,

나머지는 식품과 생필품이다.

"다녀왔습니다."

이슬비는 한 번도 연달아에게서 반응을 본 적이 없는 인사를 공손히 했다.

그녀는 식탁 위에 건드리지도 않은 식탁보를 물끄러미 바라보았다.

우울하다거나 실망한 표정 따윈 조금도 짓지 않는다. 그녀의 최대 장점은 늘 명랑하고 긍정적인 사고방식을 지녔다는 것이다.

그녀는 사 갖고 온 물건들을 묵묵히 정리하고 나서 식탁을 깨끗이 치웠다.

이어서 벽시계를 보니 오후 4시를 가리키고 있다. 아직 저녁 식사를 준비하기에는 이르다. 연달아가 먹지 않을 식사지만 그녀는 언제나 정성껏 준비한다.

그녀는 철이 들면서부터 한눈팔지 않고 공부만 하다가 다물에 스카우트되었고, 이후에는 훈련 등을 받느라 요리를 해본 적이 없다.

그래도 연달아를 위해서 엄마가 요리를 하던 기억을 되살려서 부지런히 식사를 준비해 왔다.

이슬비는 냉장고에서 캔맥주를 하나 꺼내서 연달아 맞은편으로 가서 조용히 마주 앉아 맥주를 마시기 시작했다.

이곳 원룸에서는 TV나 컴퓨터를 일체 켜지 않는다. 연달아가 그렇게 하라고 시킨 것도 아닌데 이슬비는 보름 내내 그것을 지켜왔다.

그래서 연달아는 바깥세상이 어떻게 돌아가고 있는지 전혀 모르고 있다.

하지만 이슬비는 바깥에 드나들기 때문에, 아니, 밖에 나가면 틈틈이 PC방에서 컴퓨터로 정보를 확인하기 때문에 지금 세상이 어떻게 돌아가는지, 제3차 세계대전은 어떻게 됐는지 잘 알고 있다.

그리고 그녀는 다물 생존자들과 부단히 연락을 취해서 현재 생존자 전원과 연락이 닿은 상태다.

전원이라고 해봤자 이슬비를 포함하여 열두 명뿐이다. 외본부에서는 한 명도 살아남지 못했고, 내본부에서 다섯 명, 그리고 비본부 투아호에서 일곱 명이 생존했다. 그들은 특별한 지위가 없는 그냥 일개 정요원이다.

이슬비는 연달아의 지척에서, 다른 여섯 명은 이 근처 호텔에 묵으면서 연달아의 부름에 대비하고 있다.

전쟁은 여전히 진행 중이다. 미국과 일본을 비롯하여 서방 국가들이 모두 철수한 상태다. 그러나 러시아와 인도, 파키스탄, 동남아시아 국가들은 아직도 남아서 중국 제8군구와 전쟁을 벌이고 있다.

대한민국과 러시아에 비해서 전력이 형편없는 제8군구는 여전히 민간인들을 앞세운 비열한 방법으로 각 전선을 밀어붙이고 있다.

그러나 대한민국과 러시아 등은 민간인들을 피해서 뒤쪽에서 제8군구를 공격하는 작전을 사용했다.

그러면 제8군구는 재빨리 민간인들을 뒤쪽으로 배치시켰다. 그러더니 끝내는 제8군구 군인들이 민간인들과 한데 뒤섞여서 전투에 임하는 상황이 벌어졌다.

현재 전쟁은 곳곳에서 교착상태에 빠져 있었다. 불과 수십 km의 영토를 놓고 밀고 당기기를 반복하고 있을 뿐이다.

연달아는 캔맥주를 오른손에 쥐고 물끄러미 이슬비를 바라보았다. 그녀를 보려는 것이 아니라 그녀가 앞에 앉아 있기 때문이다.

그는 보름 전에 묵인자를 찾아냈던 '쿼크웨이브' 방법을 사용해서 을지은한을 찾아보려고 시도했었다. 그러나 결과는 실패였다.

이후 별별 방법을 다 사용했으나 끝내 을지은한을 찾아내지는 못했다.

설혹 천신만고 끝에 을지은한을 찾아낸다고 해도 그녀가 실마리일 뿐이지 묵인자가 묶어놓은 역사의 매듭을 풀 수 있다는 확신은 없다.

이미 죽어서 흔적조차 남지 않은 고방아와 아랑 등 다물을 되찾을 수 있는 방법은 없는 것이다.

 연달아는 문득 캔맥주를 입으로 가져가는데 을지은한과 처음 만났던 광경, 그리고 그녀를 다물수호자 델타로 받아들였던 과정들이 새록새록 되살아났다.

 그녀는 매우 말을 아끼는 편이라서 그녀가 한 말은 거의 연달아의 머릿속에 기억되어 있다.

 그때 연달아는 그녀가 했던 어떤 말이 생각났다.

 "그런데 소녀는 을지장천과 나여운 부모님에게서 태어난 것 말고 그전에 한 번의 생을 더 살았어요. 잘 모르겠어요. 유독 그것만은 또렷하게 기억이 나지 않아요. 다만 소녀의 이름이 두화연(杜花蓮)이라는 것만 생각나는군요."

 "두화연?"
 연달아는 중얼거리다가 실로 오랜만에 입을 열었다.
 "슬비야, 두화연이라는 이름을 들어본 적이 있느냐?"
 이슬비는 연달아가 말을 했다는 사실에 기쁜 표정을 지었다가 죄송스러운 표정을 지었다.
 "처음 듣는 이름이에요."
 "그러냐?"

하지만 이슬비는 발딱 일어나 컴퓨터가 있는 책상으로 걸어갔다.

"하지만 컴퓨터로 검색을 해보면 뭔가 나올지 몰라요."

그러나 연달아는 기대하지 않았다. 을지은한의 전생의 이름 따위가 검색이 될 리가 없기 때문이다.

"찾았어요!"

그런데 잠시 후에 뜻밖에도 이슬비가 연달아를 돌아보며 밝은 목소리로 소리쳤다.

"당나라 고조, 즉 당고조(唐高祖) 이연의 부인 이름이 두화연이에요."

순간 연달아는 멍한 표정을 지었다. 당고조 이연이라면 묵인자, 즉 당태종 이세민의 아버지가 아닌가. 그런데 을지은한의 고구려 이전 전생이 당고조 이연의 부인이었다니 놀라운, 아니, 믿기 어려운 일이다.

이슬비가 두화연에 대해서 검색한 결과를 이어서 설명했다.

"그런데 당태종 이세민의 모친이 두화연이에요."

"뭐라고?"

연달아는 너무 놀라서 벌떡 일어섰다. 당고조 이연에게는 황후를 비롯하여 수십 명의 부인이 있었다. 그런데 그중에서 을지은한, 아니, 두화연이 당태종 이세민의 친어머니라니 이런 공교로운 일이 어디 있겠는가.

"두화연은 황후로서 세 명의 아들을 낳았는데 이세민은 그 중 차남이었어요."

연달아의 머릿속에서 번쩍거리는 것이 있었다. 그는 흥분을 가라앉히려고 애쓰면서 물었다.

"이세민이 태어난 해가 언제냐?"

"서기 599년 3월 8일이에요."

연달아는 마시던 캔맥주를 테이블에 내려놓고 허리를 쭉 폈다. 그의 얼굴에는 어떤 희망의 기색이 엿보였다.

"다녀오겠다."

그는 598년으로 갈 생각이다. 그래서 을지은한이 아예 이세민을 임신하지 않게 만들 것이다.

그러면 이세민은 세상에 태어나지도 않을 것이며, 훗날 그로 인해서 일어났던 모든 일이 원천적으로 봉쇄될 것이다. 그것은 살아 있는 이세민을 죽이는 것과는 완전히 차원이 다르다.

"전하!"

이슬비가 급히 컴퓨터 앞에서 일어나 연달아에게 달려와 마주 섰다.

그녀는 초조한 표정으로 그를 올려다보았다.

"전하께서 돌아오시면 혹시 제가 지금까지의 일을 기억하지 못하게 되나요?"

연달아는 고개를 끄덕였다.

"일이 잘되면 아마 그럴 것이다."

이슬비는 강하게 도리질했다.

"그러고 싶지 않아요!"

연달아는 그녀를 물끄러미 굽어보다가 빙그레 미소 지으면서 머리를 쓰다듬었다.

"알았다. 기억을 잊지 않도록 해주마."

그녀의 머리를 쓰다듬는 것만으로 그녀는 이후 무슨 일이 있어도 지금까지의 기억을 잃지 않게 될 것이다.

그런데 이슬비가 갑자기 까치발을 돋우더니 두 팔로 연달아의 목을 감싸고 그에게 입맞춤을 했다.

눈을 감고 몸을 바들바들 떨면서 그녀는 죽을 각오를 하고 긴 입맞춤을 했다.

그런데 그녀가 눈을 떴을 때는 연달아의 모습이 보이지 않았다. 서기 598년 당나라로 간 것이다. 입맞춤을 하는 도중에 사라졌는지, 아니면 입맞춤을 하기도 전에 사라진 것인지 모를 일이다.

* * *

당나라의 수도 장안성.

엄청난 규모의 황궁 어느 전각 안으로 흐릿한 빛 한 줄기가 스며들었으나 아무도 알지 못했다.

어느 으리으리한 실내의 화려한 보좌에 한 여인이 단정하게 앉아서 무릎에 두어 살쯤의 사내아이를 올려놓은 채 어르고 있었다.

머리는 궁장으로 틀어 올렸으며 울긋불긋 화려한 옷차림의 그녀는 당고조 이연의 황후인 두화연이었다.

스으.

그때 그녀 앞 5미터쯤에 느닷없이 연달아가 나타났다. 고방아와 아랑과 함께 커플로 즐겨 입던 트레이닝복 차림이다.

"아!"

황후 두화연은 화들짝 놀라 어린아이를 와락 품에 안았다. 연달아를 자객이라고 생각한 것이다.

연달아는 이미 바깥에 있는 무사들이나 시녀들을 꼼짝 못하게 만들어놓았다.

그는 두화연을 보면서 반갑고도 기쁜 표정을 지었다.

"은한아……."

그러나 두화연은 싸늘한 표정으로 버럭 외쳤다.

"웬 놈이냐? 썩 물러가라!"

그러나 그녀의 목소리는 실내 밖으로 전혀 새어나가지 않았다.

연달아는 그녀에게서 시선을 떼지 않은 채 천천히 걸어갔다. 그러는 중에 그는 그 당시에 어째서 을지은한하고의 연결이 갑자기 끊어졌는지 이제야 깨달았다. 고구려 이전의 전생으로 돌아갔기 때문이다.

그리고 묵인자가 어째서 그녀를 죽이지 않았는지도 알게 되었다.

묵인자는 을지은한이 자신의 친어머니였다는 사실을 알았던 것이다. 그래서 그녀를 죽이지 못한 것이다. 그녀를 죽이면 자신도 사라지기 때문이다.

"썩 물러가라! 무엄하다!"

두화연이 또다시 호통을 쳤다. 어린아이는 무서워서 그녀 품에 매달려서 울음을 터뜨렸다.

연달아는 서슬이 시퍼런 을지은한을 물끄러미 바라보았다. 그사이에 그의 전능이 그녀의 머릿속으로 스며들어 지금 이후 2013년까지 미래의 기억들을 심어주었다.

을지은한은 갑자기 몽롱한 표정으로 몸을 세차게 부르르 떨었다. 그러더니 연달아를 보면서 화들짝 놀랐다.

"여보!"

그녀는 우는 아이를 팽개치듯 내려놓고 연달아에게 달려와 그의 품으로 뛰어들었다.

"여보! 으흐흑!"

"은한아."

연달아는 그녀를 깊이 품속에 안고 부드럽게 등을 쓰다듬어 주었다.

을지은한은 그의 품에 안겨 모든 것을 알게 되었다. 2013년 내본부에서 묵인자의 공격을 받아 자신이 갑자기 전생으로 날아오게 되었다는 사실을.

"여보! 여보!"

을지은한은 그 말만을 외치면서 울고 또 울었다. 만약 연달아가 찾아와 주지 않았더라면 그녀는 아무것도 모른 채 이곳에서 당고조 이연의 아내로서 살았을 것이다.

그리고 사랑하는 연달아하고는 영원토록 만나지 못했을 것이다. 그 얼마나 소름 끼치는 일인가. 생각만 해도 몸이 오싹거렸다.

한참을 울던 을지은한은 연달아의 품에서 빠져나와 눈물 젖은 얼굴로 그를 올려다보았다.

"어서 가, 여보."

이곳에는 추호도 미련이 없다는 뜻이다. 그러니까 어서 2013년으로 가자는 것이다.

연달아는 울고 있는 사내아이를 잠시 바라보았다. 그 사이에 전능이 사내아이에게 주입되었다.

다시 쓰는 역사 313

원래는 그 사내아이의 남동생 이세민이 당나라 2대 황제가 되지만 연달아는 이 사내아이, 즉 이건성이 황제가 되도록 조정해 놓았다.

그리고 훗날 이세민의 아들 이치가 당고종이 되어 나당연합군을 형성해서 백제와 고구려를 멸망시키게 되는데, 연달아는 눈앞의 사내아이 이건성이 이치를 낳도록 유전자를 조작해 놓았다.

그러므로 을지은한이 이대로 미래로 간다고 해도 역사는 변함이 없을 것이다.

이건성의 시대가 끝나고 당고종 이치가 황제가 되면 한반도의 역사는 변함없이 유지될 것이다.

* * *

2013년 4월 18일 '다물' 내본부.

스으.

연달아와 을지은한은 이층 침실에 나타났다. 그들은 방금 598년 당나라에서 돌아오는 길이다.

을지은한은 감개무량한 표정으로 실내를 두리번거렸다. 이 방에서 고방아, 아랑과 함께 연달아와 뜨거운 사랑을 나누었던 기억이 바로 조금 전의 일처럼 생생했다.

을지은한은 입고 온 황후복을 벗어서 꼭꼭 숨겨놓고 간편한 캐주얼 복장으로 갈아입었다.

이어서 두 사람은 나란히 손을 잡고 거실로 향했다.

묵인자는 아예 태어난 적도 없기 때문에 내본부는 물론 외본부와 비본부도 괴멸한 적이 없다.

거실에는 많은 사람들이 모여서 연회를 즐기느라 왁자지껄한 분위기였다.

연달아의 눈길이 재빨리 실내를 훑었다. 그리고 곧 한곳에 멈추었다.

소파에 고방아와 아랑이 딱 붙어 앉아서 캔맥주를 든 채 건배를 하고 있다.

연달아와 을지은한이 들어서자 실내의 모든 사람들이 벌떡 일어나서 허리를 굽혔다.

그러나 고방아는 그를 힐끗 보더니 보는 둥 마는 둥 계속 술을 마셨다.

그때 아랑이 나비처럼 팔랑거리면서 연달아에게 달려왔다.

"여보!"

그런데 아랑의 배가 볼록했다. 임신을 한 것이다. 그녀는 임신을 한 적이 없는데 새롭게 펼쳐진 이 역사에서 그녀는 연달아의 아기를 임신한 것이다. 그리고 거침없이 그를 '여보'

라고 불렀다.

아랑은 연달아에게 안겨서 그를 곱게 흘겼다.

"당신, 잠깐 나갔다가 온다더니 왜 이렇게 늦게 와요?"

열여덟 살짜리 여고 3년생이 임신을 하고 또 '여보'라고 부르는 모습이 꽤나 익숙했다.

"응, 그게……."

"혹시 은한 언니하고 한번 하고 온 거예요?"

아랑이 두 사람을 번갈아 보면서 눈을 희번덕이자 을지한은 얼굴을 발갛게 붉혔다.

아랑은 까치발을 하고 연달아의 귀에 속삭였다.

"임신을 하면 섹스가 더 당긴다는 사실을 예전에는 몰랐어요. 그러니까 저는 언제든지 오케이예요. 알았죠?"

연달아는 그녀의 머리를 쓰다듬으며 빙그레 미소 지었다. 아랑은 임신한 것을 빼면 하나도 변하지 않았다.

세 사람은 고방아가 앉아 있는 소파로 와서 앉았다.

연달아는 캔맥주를 마시면서 아는 체도 하지 않는 고방아의 옆모습을 묵묵히 바라보았다. 그런 그의 가슴속에서 수많은 감정이 교차했다. 다시는 못 볼 줄 알았던 고방아를 다시 보게 되다니 꿈만 같았다.

그런데 고방아는 따가운 시선을 느꼈는지 그를 힐끗 쳐다보더니 미간을 좁혔다.

"뭘 봐?"

'뭘… 봐?'

연달아는 의아한 표정을 지었다. 그러나 그는 자기가 나갔다 온 것 때문에 그녀가 삐친 것이라고 생각해서 부드럽게 미소 지으며 팔을 뻗어 그녀의 어깨를 안았다.

그리고는 그녀의 뺨에 입맞춤을 하면서 나직이 속삭였다.

"보고 싶었다, 방아."

뻐걱!

"우왁!"

순간 고방아의 주먹이 연달아의 턱에 작렬했다.

고방아는 바닥에 나가떨어져 있는 연달아를 보면서 두 손을 허리에 얹고 눈을 부라리며 호통을 쳤다.

"연달아! 너 죽고 싶어서 환장했냐? 어딜 만져?"

그때 연달아는 턱이 욱신거리는 가운데 한 가지 사실을 깨달았다.

다시 정리된 이 세계에서 그는 고방아를 자기 여자로 만들지 못했다는 사실을.

이전 세상에서는 연달아가 천신만고 끝에 고방아를 자기 여자로 만들었는데 그게 다 물거품이 된 것이다.

그게 너무나 아까웠다. 마치 세상의 절반을 잃어버린 것만 같은 심정이다.

다시 쓰는 역사

연달아는 을지은한과 아랑의 부축을 받으면서 일어나다가 연정토에게 물었다.

"형님, 대고구려 계획은……."

그게 너무도 궁금했다. 하지만 일부러 말끝을 흐렸다.

연정토는 공손히 허리 굽히고 나서 당연하다는 듯 말했다.

"만반의 준비가 끝났습니다. 계획했던 대로 4월 20일 정오 두 분 결혼식 날 대한민국의 국명을 대고구려 제국으로 바꾸고 여황께서 즉위하시는 일에 추호의 빈틈도 없습니다."

아랑이 옆에서 어깨를 으쓱거리면서 득의하게 종알거렸다.

"헤헤헷! 동북삼성에다가 중국 영토 중에서도 최고로 기름진 산둥성, 장쑤성, 저장성, 후베이성, 안후이성, 장시성이 모조리 우리 영토가 되니까 벌써부터 전 세계가 우리한테 굽실거리는 거 있죠? 기분 좋아요, 아주."

"그렇군."

연달아는 고개를 끄덕이다가 의아한 듯 물었다.

"그런데 누가 결혼하는 거지?"

아랑은 눈을 곱게 흘기면서 팔꿈치로 그의 옆구리를 쿡 찔렀다.

"또 장난해요? 방아 언니하고 결혼하는 게 그렇게 좋아요?"

연달아의 입이 쩍 벌어졌다.

"방아하고……?"

깡!

그때 고방아가 마시던 캔맥주를 바닥에 힘껏 내던지면서 자리에서 벌떡 일어섰다. 그리고는 연달아를 쏘아보며 힘껏 소리쳤다.

"누구 맘대로 결혼을 해? 그래, 어쩔 수 없이 결혼은 하더라도 난 절대 저놈하고 안 잘 거야! 내 곁에 오기만 하면 다리 몽둥이를 분질러 버리겠어!"

그러나 연달아는 빙그레 미소 지었다. 그는 한 번 고방아를 쓰러뜨린 경험이 있기 때문에 두 번째는 자신이 있었다.

고방아가 연달아의 미소를 보고 발끈해서 인상을 와락 쓰며 외쳤다.

"어쭈? 웃는다 이거지? 눈 깔아! 안 깔아?"

그녀의 말에 모두들 박장대소했다. 그중에서도 연달아의 웃음소리가 제일 맑고 컸다.

그때 문득 연달아는 누군가의 시선을 느끼고 그쪽을 쳐다보았다.

실내의 한쪽 구석에 다소곳이 서 있는 이슬비가 그를 바라보며 방그레 미소를 짓고 있었다.

연달아는 마주 미소를 지으며 고개를 끄덕였다. 이슬비는 기억이 지워지지 않은 채 모든 것을 알고 있는 유일한 사람인 것이 분명했다.
 그때 아랑이 이슬비와 연달아를 번갈아 보더니 약간 놀라는 표정을 지었다.
 "여보, 당신 슬비하고도 잤어요? 눈빛이 심상치 않은데?"
 "내가 바람둥인 줄 아느냐?"
 "바람둥이 맞잖아요."
 모든 사람들이 그를 보면서 아랑의 말이 맞는다는 듯한 표정을 지었다.

『런너』 완결

THE KNIGHTS OF SQUARE

아더왕과 각탁의 기사

홍정훈 판타지 장편 소설

『비상하는 매』의 신선함, 『더 로그』의 치열함,
『월야환담』의 생동감.

그 모든 장점을 하나로 뭉쳐 만든 홍정훈식 판타지 팩션!

아더왕과 원탁의 기사.

전설의 검 엑스칼리버의 가호 아래 역사에 길이 남을 대왕국을 건설한
위대한 왕과 그의 충직한 기사들.

"…난 왜 이리 조건이 가혹해?!"

그 역사의 한복판에 나타난 이질적 존재, 요타!
수도사 킬워드의 신분을 빌려 아트릭스의 영주가 되어 천재적인 지략과 위압적인 신위를 휘두르며
아더왕이 다스리는 브리타니아에 정면으로 반기를 든다!

**전설과 같이 시공을 뛰어넘어
새로운 아더왕의 이야기가 우리 앞에 나타난다!**

Book Publishing CHUNGEORAM

시공을 달리는 자
RUNNER
임영기 장편 소설 런너

내 꿈은
21세기 나의 제국에서 그녀와 함께 사는 것이다

나는 전쟁의 신이며 또한 전능자(全能者) 런너다.

이제 내 행동은 역사가 되고 내 말은 법이 될 것이다.

Book Publishing CHUNGEORAM

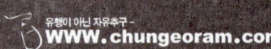
유행이 아닌 자유추구 -
WWW.chungeoram.com

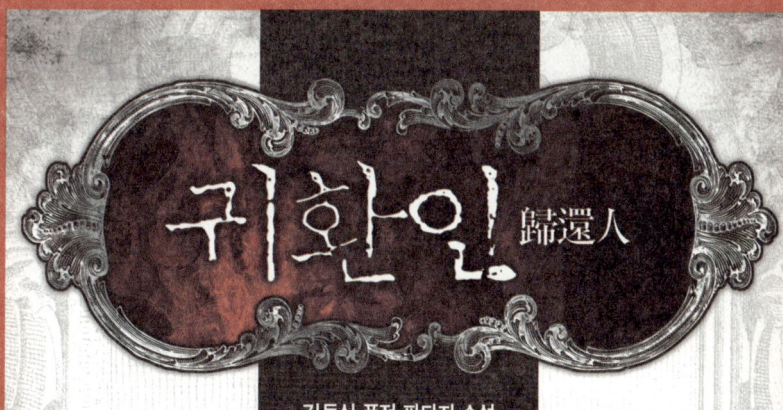

김동신 퓨전 판타지 소설

모든 마수의 왕 베히모스.

그의 유일한 전인 파괴의 마공작 베르키.
마계를 피로 물들이고 공포로 군림했던 그가
드디어… 꿈에 그리던 한국으로 돌아왔다.

"친구들아,
나 권태령이 드디어 돌아왔어!"

피로 물들었던 마계의 나날을 잊고
가족과도 같은 친구들과 지내는 생활.
그 일상을 방해하는 자들은 결코 용서치 않는다!

살기가 휘몰아치는 황금안을 깨우지 말라!
오감을 조여오는 강렬한 퓨전 판타지의 귀환!

Book Publishing CHUNGEORAM

십검애사

十劍哀史

설봉 新무협 판타지 소설

『사신』, 『마야』, 『패군』

무협계를 평정한 성공 신화를 계승한다.
한국무협을 대표하는 작가 설봉!
그 새로운 신기원을 열다!

『십검애사』

잠들어 있던 열 개의 검이 깨어나는 날,
전 중원에 피바람이 몰아친다.

 유행이 아닌 자유추구 -
WWW.chungeoram.com
Book Publishing CHUNGEORAM